◆◆ 中国文学名家小小说精选丛书

向春天的火车

迟占勇　著

江西高校出版社
JIANGXI UNIVERSITIES AND COLLEGES PRESS

南　昌

图书在版编目（CIP）数据

向春天的火车 / 迟占勇著 . -- 南昌 : 江西高校出
版社 , 2025.6. -- (中国文学名家小小说精选丛书).
ISBN 978-7-5762-5603-1

Ⅰ . I247.82

中国国家版本馆 CIP 数据核字第 2024M7U030 号

责 任 编 辑　曹　莉
装 帧 设 计　夏梓郡

出 版 发 行　江西高校出版社
社　　　　址　江西省南昌市新建区工业二路 508 号
邮 政 编 码　330100
总 编 室 电 话　0791-88504319
销 售 电 话　0791-88505090
网　　　　址　www.juacp.com
印　　　　刷　鸿鹄（唐山）印务有限公司
经　　　　销　全国新华书店
开　　　　本　650 mm×920 mm　1/16
印　　　　张　13
字　　　　数　154 千字
版　　　　次　2025 年 6 月第 1 版
印　　　　次　2025 年 6 月第 1 次印刷
书　　　　号　ISBN 978-7-5762-5603-1
定　　　　价　58.00 元

赣版权登字 -07-2024-991

目 录
CONTENTS

第三辑 世象

第四辑　故乡人物

第五辑　红色闪小说

第一辑

红尘

◀ 硬烧茄子，烤玉米

在外地工作，两年没回家了，忙。

今年夏天，终于得空可以回家看看。

两年没见，父母又老了好多。

"小米饭，硬烧茄子，再煳几根玉米。老妈，我最愿意吃你做的这些了。想啊！"

老母亲看了一眼老父亲，连连说："好啊，这就做去！"

这顿饭，吃得香！以致父亲没动几下筷子的情景都没太在意。

晚上，去卫生间，路过父母房间，听母亲小声说："要不，再给你煮点儿粥？你这破牙，唉！"

"不用了，喝点奶粉算了，孩子难得回来一趟，他愿意吃你就做。早点儿睡吧，别惊了孩子，走了一天的路了。"

我的眼睛湿润了。

第二天一早，我对妈说："老妈，我的胃不太好，昨天吃得硬了，多做点儿软的吧。"

◀ 胖窝瓜，长豆角

一大早，趁着凉快，东邻女人来到房前菜园里忙活起来。几天不侍弄，园子里就杂草丛生了。

这几天忙着侄女的婚事，西邻女人的菜园也荒了，趁着凉快，拔草、浇园，好个忙活。

东邻女人发现，西墙角的几个大窝瓜，又长出一圈儿，没心没肺的样子，就知道愣长！那窝瓜秧，是从西邻家爬过来的，干脆摘下来吃掉算了，东邻女人想，但她立刻为自己的想法脸红了。干啥啊，哪能这样没出息，人家的瓜。本想送过去，可一想起年初那场矛盾，东邻女人就打消了念头。

西邻女人也去瞅了瞅东墙头挂下来的那一串串豆角，可真喜人啊，长溜溜的，像是结伴嬉闹的苗条少女。可那是人家的，西邻女人想冲东邻女人喊一声，再不吃，可就老了。但她没喊，不管了吧，因为孩子，竟半年不说话，至于吗？女人想，我这是问谁呢？本是很好的邻居，就因为孩子打架，这是何苦呢？我就主动些吧，不行吗？女人听见那边有动静，她知道，肯定是东邻女人在忙着。于是，女人就故意咳了一声。

东邻女人听了，也故意咳了一声。

西邻女人鼓了鼓勇气，喊道："谁家的豆角啊？可该摘了啊！"

东邻女人听罢掩嘴笑了："谁家的大窝瓜啊？没人要我可吃了啊！"

两个女人就如同以前一样，爬上墙头，面对面笑了起来。

她们发现，那豆角秧和窝瓜秧，早已互相紧紧地缠绕在一起，拆也拆不开了呢。

当天晚上，东邻家饭桌上多了一盆香甜的窝瓜，西邻家的饭桌上，添了一碗嫩绿的豆角。

◀ 信

....

亲爱的女儿，你的来信爸爸收到了，爸爸在这里一切都好，女儿不要惦记。

亲爱的女儿，你的来信让我心里难过极了。女儿，不是爸爸狠心故意离开你和妈妈。爸爸才三十七岁，爸爸多想再和你们一起好好生活下去啊！可是，这可恶的病魔……女儿，你已经十岁了，你要学会坚强，你要与妈妈一起好好地活下去，那样爸爸才能安心啊。

女儿，人的一生，要经历很多很多事情，所以你必须勇敢地面对，走好自己的人生路。我的这些话，你可能不能完全听懂，但你会慢慢懂的。再见，女儿，爸爸在天堂看着你们呢，你们要好好的。

爸爸：李玉。2010 年 8 月 2 日

这是一个夏日的午后，山岗上，风很凉爽。一对母女，静静地站在一座墓碑前，默默地依偎在一起。女孩手里，拿着这封信。

母女脸上，都挂着清泪。过了好一会儿，女孩才对妈妈说，我说什么了，爸爸一定会给我们写信的！母亲微微一笑，说："孩子，我信啊，我怎么不信呢？爸爸不会忘了我们的。可爸爸更希望我们忘了他，好好过咱们以后的日子，咱们整天哭哭唧唧的，爸爸也在天堂难受呢，你说是吗？孩子"！

女孩若有所思地点了点头。她掏出笔纸：妈妈，我再给爸爸写封信吧，告诉他，我们不再悲伤了，一定好好地活下去，叫他放心。

妈妈揽过女儿，轻轻地拍拍女儿的背："好女儿，你懂事了"。

女孩把写好的信，轻轻地放到邮箱里。

这是一个安放在墓地里的邮箱，名字叫：时空邮箱。

我向女人点了点头，女人向我投来感激的眼光。

那天，当我看到这个邮箱里的信时，我就想为这个孩子做些什么。

我是守墓人。

◀ 送
·······

那年秋天，年轻帅气的父亲抱着哇哇大哭的我上了小学。

还是一年秋天，我将上高中，父亲骑自行车把我带到开往县城的汽车站。父亲腰板儿挺得笔直，把个车子蹬得飞快。

又是一年的秋天，父亲把我送到开往省城的火车上去上大学。火车开动了，隔着玻璃，我发现父亲跟着火车跑着，大声叮嘱着什么。父亲的步伐显得有些苍老，一缕白发在风中飘摇。

一年的正月，大学毕业的我要到南方去打拼，弯腰驼背的父亲坚持要送我到汽车站。我从他手中抢过那辆不知带过我多少次的自行车，带上父亲。父亲紧紧搂住我渐渐强壮起来的腰，我的心中涌动起一股热流。

又是一年的正月，大病中的父亲坚持要把我一家三口送到大门口，我的家在遥远的南方。我不敢回头，怕见到父亲那苍老无助的身影。

一阵哀乐把我惊醒，送葬的人流中，我怀里紧紧抱着骨灰盒，骨灰盒里，睡着我的父亲。

我的泪又一次滚滚而出！

这是我第一次也是最后一次送我的父亲！

◀ 绝不放弃

这几日，中央电视台每天都播放关于"我的父亲母亲——关注阿尔茨海默症患者"专题片。老张每次看都要掉泪，他的老父亲，也患了阿尔茨海默症，通称"老年痴呆症。"

仔细想想，老父亲从八年前就有了症状，常常丢三落四的。起初老张没在意，以为这是老年人常有的毛病。可是，越来越觉得不对了。有一次，老父亲接连穿起裤子来，穿了脱，脱了再穿。后来，老父亲竟不认得自己的儿子了！老张觉得严重了，到医院一查：老年痴呆症！

听从大夫的建议，这几年，老张每天坚持带父亲出去锻炼，像哄孩子一样照顾老父亲饮食起居，不厌其烦地教老父亲认识各种事物，努力使他恢复认知能力。可是收效甚微，反而越来越厉害了。大夫说，这种病不好治。若一味地发展下去，就没有几年活头了。人们都劝老张，八十多岁的老人了，顺其自然罢了。老张说："不，我不会放弃！有一分希望，我就要尽一千倍的力！

绝不放弃！"

这样的话，四十八年前，父亲也说过。

四十八年前，老张还是个四岁的孩子，得了一种怪病，全身肌肉萎缩，那时，日子极其艰苦，吃了上顿不知下顿的饭在哪里，可是，老父亲没有放弃，他四处求医问药，找遍各种偏方，背着孩子风里来雨里去。母亲早已改嫁他人，只有父子俩相依为命。邻居都说，这孩子估计活不成了，劝父亲放弃。再找个女人重新过正常日子。老张父亲却坚决地说："那不行啊，这是我儿子啊，我不会丢下他不管啊！死也要死在一块！"

也许是父亲的诚意感动了上苍，老张的病，奇迹般地好了起来。

◀ 忆

终于肃静下来了。

你咋不说话呢？我还想和你说说话啊。

你走了，谁还和我说话？没共同语言了。

记得刚和你相识时，你还是个孩子，可是已经能替你这个大家庭分担付担了。你带着我，走南闯北，没少挣钱呢。那年春天，家里揭不开锅，你还病着，就带我一起出去好几天，回来一进大门你就大喊着："有米吃啦！有米吃啦！"那嗓门，洪亮清脆得像磁，透着兴奋。

那些年，走南闯北，有了感情，像朋友一样，形影不离。那时候人们穷啊，谁舍得把破了的碗、破了的锅扔掉呢？所以，咱们的生意红火着呢。

后来，斗私批修，割资本主义尾巴，我们不能出去赚钱了。你怕那些人把我拿出去烧了，就把我藏了起来，冒着风险啊。我很感激你！

再后来，人们的生活好了，破碗破锅，说扔就扔了，我们的生意淡了下来。可是，你没有抛弃我，还把我放在家里显眼的地方，每天为我打扫卫生，保护着我。你是个重感情的人，我懂的！

可是，现在，你走了，谁还来关心我、保护我啊？我的命运，我知道，多半会被当做废品卖掉，或者一把火烧了热饭吧？也许，有人能发现我，送我到博物馆去，让年轻人认识我，认识那段历史？

为何不带我去那个世界呢？我俩还可在一起啊……

小屋里，焗锅挑子静静地挂在那儿。他的对面墙上，是主人的遗照……

◀ 真 相

"爸爸，妈妈，你们咋才来接我啊！"

四岁的小女孩就像一只呼扇着翅膀的小燕子，从窗台那儿快速地奔向炕沿儿，一下子扑到了男人的怀里！

女孩的奶奶见此情景，一个劲儿地抹眼泪。她看见，那男人和女人，也是泪流满面。

男人紧紧抱着孩子说："我的好女儿，这就接你回家，接你回家，再也不分开了！"

一家三口，出了门。

"跟奶奶再见吧，姑娘。"男人说。

女孩儿从男人肩头探过身子，轻轻地吻了一下奶奶满是核桃纹的脸颊，黑黑的眼睛里溢出晶莹的泪花："奶奶，我会回来看你的……"

奶奶别过脸去，向女孩儿挥了挥手："走吧，走吧。想我了就回来看看……"

奶奶似乎不放心,偷偷地拉了一下女人的衣角,走到一边:"你们可要好好养活这个孩子啊!当年我在医院门口捡到时,像个小猫……"

"我们知道,您就放心吧,不是跟你多次说过吗?我们会像疼自己亲生的一样疼她。"

"就是这样,"女人合上了书本,"这个孩子,就是你,这是你爸爸写的一篇小说。"望着刚刚为救人去世的丈夫遗照,女人又一次流下泪来:"我想,是该告诉你真相的时候了。你已经13岁了。"

"爸爸!"女孩面对父亲的遗像,流着泪跪了下去。

"妈妈,我会照顾你一辈子!"女孩紧紧搂住妈妈,泣不成声……

◀ 幸运草

天上的白云静静地飘着，悄悄地变化着形状。

大林和小林，静静地躺在田埂上，呆呆地看着蓝天，许久都没说一句话。

大林和小林不知该说什么。高考录取通知下来了，可家中只能供一个上学。

"哥，你去吧。你考的学校好。"半响，小林发话了，听得出，小林是多么不情愿啊。

"我比你大，你去吧，我打工供你。"大林犹豫了一下，说道。

"还是你去上学，我打工去，我也十八了，干得动。"

"不，弟弟，你去上学，就这么定了！"大林把手一扬，似乎下了决定。

哥俩互相让了起来。

天上，白云还是无声无息地飘着。

又是一阵沉默。

大林把头扭向左侧，一片幸运草吸引了他。多么旺盛的一片幸运草啊，嫩绿嫩绿的，小小叶片，如婴儿的唇。微风吹来，掀起微微的、绿色的波浪。

大林有了主意："谁找到幸运草，谁去上学！"

传说，幸运草里有四个叶片的，那是最幸运的，谁找到，谁就会幸福一辈子的。

哥俩找了起来。

不一会儿，小林喊道，哥哥，我找到了！手里捏着幸运草，小林兴奋得脸红红的。

"你看，我说你去上学嘛，咋样？幸运属于你吧？"大林高兴地捶了弟弟一下。大林摊开手掌，一棵三片叶子的幸运草。

大林毅然决然地打工去了。走的那天，家人送他。他对小林说："好好学习！"然后，头也不回地走了，抬手狠狠地擦了一下眼睛。

小林上学的前天晚上，翻看柜子，找准备带的衣服，忽然就看见哥哥的大学录取通知书。小林拿起来端详，若有所思，忽然，从通知书里飘出一棵幸运草！四片叶子！

"哥哥！"小林轻轻地喊了一声……

◀ 相 见

　　傍晚吃饭时，毫无征兆地，我与你相见了。你面色苍白、丑陋，已经苟延残喘。我们面对面，竟是"相顾无言，惟有泪千行"了。

　　我俩都知道，我们的关系是那样亲密。我们形影不离，可始终没这么近距离地面对面相遇过。我们都知道，我们面对面见面的时候，也就是你即将死亡的时候，也是我走向衰老的时候。

　　外面的风在呼啸着，屋子里暖气也是半死不活，我的心也在发冷。看着你苟延残喘无能为力，哀伤的情绪像海水般蔓延开来……

　　"主人……，再见了，不能再伺候你了……"你发出最后的悲鸣。

　　"别叫我主人，我们是兄弟啊……"我的泪水滚滚而下。

　　我很后悔，你为我做了那么多，几乎是从我出生就伴随着我。可我，从没注意你的存在，没更多地保护过你，爱惜过你。可你，总是那么无怨无悔地为我服务，直到身染重病，甚至腿脚老化残缺，也是从无怨言。

你走了，我才知道你的重要性！你走了，才让我凄惶地感觉到，我老了……

这都是命，谁也逃脱不了……

"老头子，快看！你的孙子长出牙来了！"

我赶忙抱起孙子，轻轻地拨开鲜嫩的嘴唇，就看见那颗米粒大小的嫩芽，像白玉般……

我的那颗老牙，我的兄弟，你灰色的面容更加萎顿，那抹灰色的暗光也渐渐淡去，我知道，你走了……

◀ 1938 年的月饼

"咕隆隆，咕隆隆，我是月饼精，古隆隆，咕隆隆，我是月饼精……"

"小，小，快听听，谁在唱歌啊？"

"没有啊，妈，你睡毛楞了吧！"小揉揉眼睛，翻了个身，继续睡去。

"你听啊，你听啊，小。好像是炕头墙旮旯那个洞里。"

娘俩点燃煤油灯，小端着。小火苗突突地跳，娘俩的心也突突地跳。

娘伸出手，小心地伸进墙洞里，抽出手来时，就见黑瘦的掌心里，躺着一个手绢包，层层打开，是一块月饼！

杏儿！

娘哭了："杏儿啊……"

中秋了，战乱的年代，没钱，也没心思过节。娘狠狠心，还是买回两块月饼。那月饼不知在商店呆了多长时间了，有些走油，有些硬。

晚上，娘从柜子里拿出一个纸包，那灰色的纸已被月饼油得黑汪汪的，散发出阵阵清香。

小三两口就吃了下去，还没真切地感觉到是啥味道的呢。

杏儿不舍得吃，"妈，你尝一口吧。"

"妈不吃，杏乖啊。"

杏儿在被窝里偷偷地闻一下，又闻一下。

月光，透过窗纸，洒了进来，一片银白。

半夜里，正睡得香。

"快起来啊，鬼子来啦……"村里有人喊。

已经习惯了，大家迅速穿好衣裳就往外跑。

天空，响起飞机的轰鸣；地上，炸弹飞溅！

"杏儿！杏儿啊……"

娘仔细端详着这块月饼，只是被咬了一小口，那牙痕上，还有一绺血丝……

"杏儿啊，可怜的杏儿……"娘的泪又流下来了。

◀ 女孩儿
·················

男人很纠结，双手搅在一起，出了汗。

"大哥，不是说好了吗？不是想变卦吧？"来客笑了。

两人中间，一个小圆桌，俩茶杯，水都凉了。

"你嫂子……她，不是太愿意……"

"这个家，不是你做主吗？我给你再加个价，5万！咋样？那家等着呢。"

四岁的女孩儿多多，从里屋走出来，趔趄着身子，脚步显得慌张。孩子幽怨地瞅了父亲一眼，进了厨房。

男人心里痛了一下，又一下。

抚养孩子四年，哪里舍得卖呢？可是，女孩来了一年多，多年不孕的老婆竟给他生了个胖小子！家里实在是困难……

屋里静得很，一根针落地也能听得见。

来客打破平静："别犹豫了，男人嘛，说话算话！"

男人咬了一下牙，狠声说道："唉，好吧，就这么定了！"

这时，就听厨房传来"碰——哗啦"的响声！

两人来到厨房，就见女孩儿傻傻地站在洗碗池边，污水撒了一地。水泥台子上摞着几只洗好的盘碗儿，一只盘子碎在脚下。

"爸爸，别送我……"女孩儿的声音如蚊子般轻……

"我不送了，不送了！"男人把头一扭，把手一挥："兄弟，对不住……"

◀ 白　发
·····················

看着自己镜中那片刺眼的白发，老李的心中总觉像被霜打了一般。

初次发现白发，还是三十八岁的时候，那一刻，不知如何表达心情。从那时起，妻子就担当起"拔苗"的任务，那也成了最享受的时候。

可是，白发渐成燎原之势。四十岁时，老李和妻子只得放弃"拔苗"，改成染发。

每个月，剃发加染发，成了必修的功课。

"白发越来越多了，顺其自然吧。"妻子说。

老李摇了摇头，他说："到五十吧，到五十就不染了。"

五十岁说到就到，好像一眨眼的工夫。

可是，老李还是不忍看着那头越来越泛滥的白发。他每个月，还是坐在染发的师傅身边，让白发慢慢被染发剂浸黑。

其实，老李染发，也不仅仅是爱美，他有个不愿说出的原因，那就是妻子永远黝黑发亮的黑发。他不喜欢顶着一头白发和妻子出双入对，怕被别人说成是父女关系。

就等着妻子白发时再放弃染发吧……

可是，老李染发出了状况，过敏了。每一次染头发，头皮都要红肿发痒。这可咋办？老李很痛苦。妻子其实看在眼里，什么都明白，但什么也没说。

这天，正在犹豫去不去染发时，妻子进了门，老李几乎不敢相信自己的眼睛，妻子染成了一头雪白的头发！

◀ 追　凶

还要去啊？

十年了，女人才三十多岁，但头发都白了。十年前，三岁的儿子被一个在工地打工时认识的男人，骗出去拐卖了。后来破案，儿子却死于转卖中。

每年，女人都要出去找那个人，那个从怀里抱走儿子的人。

孩子亡后的第二年，丈夫和她离了婚。

是这个男人，找尽各种机会帮助她、照顾她，终于感化了女人。每次出门，男人都会仔细准备行囊，家里不忙了，也会跟女人一起上路，一路上尽心尽力地照顾女人。

第八年的那个春天，女人又要出门时，男人就小心地问："还要去啊？"

女人瞅了一眼眼前这个对她百般好的男人，心中也有不忍。五年了，男人无怨无悔，跟自己东奔西走，日子不成个日子。可是，凶手，女人是要找的！

男人瞅了一眼女人坚定的眼神，把其他的话咽了回去。

第九年头了，女人再次要出门。男人准备着行囊，偷眼瞅瞅女人，看那坚定的眼神，又把话咽了下去。

第十年，当女人再次要出门时，男人试了几试，终于在女人走出大门时，开了口："你真的还要去啊？能不能不再去找了？"男人说完这句话，痛苦地蹲下去，把头埋在裤裆里。

"我要找，我要把凶手找出来！不找到他，我死不瞑目啊！"女人也哭了。

男人忽地站起来，使了很大的力气，大喊道："你要找的人，是我！！"

女人呆住了。

"我干了那个事儿，后悔不已。我这些年，就是要给你当牛当马，来赎我的罪啊……"

"可是，你，你根本不是他啊。"

"我整了容……"

◀ 送你一束百合

父亲节。

晚上九点了，夏日的晚上，倒是最凉快的时候。男人站在马路牙子上，身边是一束百合，强打精神地立在粉红塑料桶里。

每年的父亲节，男人都在这里卖百合。

接近十点了，最后一束百合还等在桶里，嫩黄的蓓蕾花瓣微裂，如婴儿的嘴儿，焦急地要喊些什么。

男人忽然有了个想法，算了！就到十点，十点！没人来买的话，就留给自己，学回城里人，自己给自己过父亲节！想到这里，男人的脸微微红了：一束花能换来好几块排骨呢，老婆要知道，还不得笑我！家里穷的，连个插花的瓶子，也买不起呢。唉，管他呢，就这么定了，十点！为啥不呢？卖了五年了，家里从来没插过一只百合，就奢侈一次咋地？

到了十点，男人一刻也没耽误，就像怕给别人抢了似地，男人匆匆拎起水桶。

"哎，大叔，大叔，我们买百合！"几个中学生模样的孩子奔了过来。

"不卖了。"男人慌慌地说，不知为何，男人感觉像做错了事儿般。

"大叔，你？我们转了好几条马路了，就想买一束百合啊。"一个女孩子急得要哭了。

男人犹豫了。

"不卖算了！我们走，买点营养品，也一样！"一个男孩子说。

"那可没有这个有意义呢，大叔，是这样的，你听说。今天下午，有一个清洁工人，与持刀抢劫的匪徒搏斗，受了重伤！我们想去看望他，父亲节了，我们特想为他买一束百合……"女孩子说。

男人听到这儿，一刻也没犹豫，抓起百合塞给女孩儿。他挡住女孩递过来的钱，扭身就走，走出好远，回头对孩子们说："代我向英雄问好啊。"

◀ 雕　塑
....

　　这个暑假明子没有回家，他和几个要好的同学，相约着来到了这个美丽的滨海城市。

　　去野生植物园，赏极地海洋馆，大家玩得不亦乐乎。

　　最后，大家来到临海广场，据说是北方滨海城市最大的广场。建设得果然大气！那高高的、精美的华表，那碧绿如毯的草坪，那巨大如展开的书本的平台，尤其是那一组组唯美的雕塑，更是吸引人的眼球。修鞋匠、轮滑少年、仰望星空的年轻人、摔跤手……大家嘻嘻哈哈地挨个在雕塑前拍照。过了一会儿，有个同伴在广场边上一个不太起眼的角落喊大家："快来看啊，这有个雕塑好玩儿！"大家听闻后都赶了过去，明子稍稍落在后面，他在读一个雕塑的简介。

　　"明子，快过来啊，快！"明子走过来，就见大家神色古怪，都说，快和这个照张相，我们给你拍。

　　明子这才看到这个雕塑，是一个坐在板凳上的西部牛仔，但又带着个眼镜，显得有些滑稽，这个雕塑惟妙惟肖，几乎可以乱真！明子忽然感到心跳加快！这个雕塑的脸咋这么熟悉？不会吧？不！但是……明子觉得呼吸越来越重，脸色都变了！

"哎哎，明子你磨蹭啥呢？还照不照了？"

匆匆照了一张，明子扭头走掉了，后面赶上来的同学说："奇怪啊，你知道不明子？那是个活人！你和他照相他咋没动弹呢？我们都是要给他钱的啊。"

明子一句话也没说。

父亲就说在一个城市打工，还兼职做一个很挣钱的活儿，供明子上大学没问题。

明子和父亲说，他暑假在学校学习不回家，他撒了谎。明子没有了再玩下去的心思，他决定下午就回学校……

◀ 戏迷老郭

郭那时还是小郭，不知何时从外地来到我们村子，好像也没几分地。日子过得苦，人也丑，始终没讨到老婆。

老郭经常去煤矿背煤，挣了钱，不舍得买烟买酒。吃饭还是棒子面饼子就咸菜，喝凉白开。

攒下的钱，老郭都给了戏园子。

老郭是个标准的戏迷！这，在我们这个小村子还真少见。

"老郭，有点钱干啥不好？看啥戏啊，也不当饭吃！"

"老郭，攒点儿钱说个媳妇吧，看戏有啥用啊？"

"老郭，你还够奢侈的！"

村民这样说老郭。

老郭也说不出啥来，脸红红地说："不看戏，心里就觉得缺点啥，空落落的。"

老郭于是就照旧往县城的戏园子里跑。

麒派、梅派、马派……老郭谈起来头头是道。

西皮流水、慢板二黄……老郭门儿清。

"一马离了……"老郭每次路过我家门口，几乎都是这一嗓子。

"昔日有个三大贤……"老郭在澡池子，经常来这句。

"老郭这嗓子，不唱戏倒是瞎了。"村人说。

老郭老了，常年营养不良，刚过六十岁，就身体每况愈下。有一天，病在炕上的老郭做出一个惊人的举动。他找人把老支书请了去，抖抖擞擞从炕席底下拿出一个红布包来，里面是两万元钱！他交给了老支书，说，我一个光棍儿，要钱有啥用？都给村办小学吧，给孩子把房子翻修一下。

老郭去了。

老支书和村人感念他，大家一合计，从李家营子请来一个剧团，为老郭唱了一天大戏！是京剧《白蛇传》，唱到高潮处，一片叫好声，大家分明听到有一个声音最响亮：好啊，好！

这不是老郭的声音吗？是的，就是的！

◀ 艾

....

　　快过端午了，男人很忙碌，买东买西的，说好好过个端午。厨房里，堆满了瓜果蔬菜，红红绿绿的，新鲜。一盘包得结结实实的粽子，一盘用煮粽子水煮熟的鸡蛋，静静地摆在洁白的操作台上，散发着特有的清香。

　　男人还买回两只大葫芦，一只是彩纸作的，红得像火，飘着碧绿色的穗子。另一只是真的葫芦，画着八仙过海，也好看。

　　女人却有些神思恍惚，看男人忙。

　　女人说，买点儿艾吧。

　　男人继续忙，不知听见没听见。

　　女人就又说，买几棵艾吧。

　　男人说，必须买吗？没必要吧。

　　女人说，过端午啊，阿明就喜欢呢，每年都要有呢。

　　男人停止了手里的活计，怔在那儿。

　　女人赶紧住了口，轻轻地从后面搂住男人的腰。对不起，我又提到他了。

男人拍拍女人的手，没关系，慢慢就好了。

女人的眼泪就流了下来。

阿明是女人的前夫，一年前因一场意外去了。阿明喜欢艾，端午节，两人都会去郊外采些艾来。阿明说，多好闻啊，艾，爱啊。女人就微微地笑了，心里蜜样甜，阿明是个浪漫心细的人。

第二天一早，女人醒来，不见了男人。不一会儿，就听见门开了，一阵熟悉的、清香的味道传了进来，是艾！男人起早赶到郊外，采了一大把艾来！

女人的眼睛又一次湿润了，她接过艾来，使劲地嗅了嗅，然后举到男人鼻子下，你闻闻，多香啊！

男人不易察觉地皱了一下眉。他走进卫生间，头微微的疼了起来，有一点儿想吐的感觉。

男人天生对艾敏感，最受不了那种气味。

◀ 牵 手

楼下新搬来老两口，该有七十来岁了，整天搀扶着下楼，很恩爱。

楼下的草坪石凳上，老两口手牵着手，晒着暖暖的太阳，银发也闪着光。

可渐渐地，我发现一个奇怪的地方，那就是，老头整天喋喋不休地和老太太说话，可老太太，不说一句话，无动于衷的样子。

老太太不会说话吗？不会说话，那，老头还和她费啥口舌呢？

那天，老两口的姑娘过来，在楼道里，我鼓了鼓勇气，开口问姑娘：

"你爸妈可真恩爱呢。"

"是啊，我们都羡慕，呵呵。"

"可是，我冒昧地问个问题。"

"你说，没事的。"

"你的母亲怎么一句话不说呢？"

姑娘愣了一下，说："是这样，我的妈妈十几年前就失聪了，从此话也不能说了。可是，我的老爸总是握着她的手，不停地说话，他说，你的母亲能明白。他需要我和她交流……"

姑娘说，我也不知道真的假的，反正我爸爸就是这样，每天都和妈妈说话。

我说："是的，你的妈妈一定能懂的，一定！"

我的眼泪，差一点儿就掉下来……

◀ 青春巷

轻轻地掩上黑漆大木门，她挎着菜篮儿走在巷子里。

远远地，一群少年搂肩搭背走过来，小巷不再寂静。

擦肩而过，回眸，少年的目光如剑，如火焰，让幽暗的小巷充满春天的阳光。

是他？！那个让她日思夜想的少年郎，那个在舞台上扮相俊朗的武生。

她的心儿几乎跳出来，她的脸红如墙头上探出的杏花。

她慌慌地转身逃走。留下那目光痴痴的少年郎。

约会，在这小巷。

少年问，小巷叫什么名字？

她说：李家巷。

不好听，叫青春巷吧，属于我们俩的。

嗯，青春巷。

我不想唱戏了，我要到前线去！

那，我等你。

少年把舞台上经常用的折纸小扇送给她，她把一方绣花小手帕放到少年手上。

她目送少年离去，渐渐消失在巷口。

墙头上，青杏正小。

花开花落、风霜雪雨，静静的青春巷。

苍白干瘪的手里，一把暗黄的折纸小扇。

花白头发的上方，墙头上，杏花开得正浓。

干涩模糊的目光，执着地投向巷口……

◀ 龙尾儿

二月二了。

过年忙，没能回老家看母亲。这一正月，可真是惦记母亲的病情，始终不见好转。住了几次院，老年痴呆的境况没有取得什么好的转机。大夫说，做开颅手术也许有一线希望。可是，母亲七十五了，还有糖尿病，手术，是想也不敢想的。

村子里有很多新剃了龙头的娃娃，在打谷场上放风筝。那高高的杨树、柳树，也已显出春天的意思了。

我无心多看那满天飞着的风筝，赶紧进了家门。

"回来了？"父亲迎了出来，父亲也老了，过年了，也没穿件新衣服，头发乱糟糟的。

进了里屋门，就见满炕满地都是高粱秸秆，还夹杂着一些五颜六色的碎布块儿。

母亲躺在炕头，盖着那条盖了十几年的蓝花白底棉被，白白的头发，散落在黑色的长条枕头上。人，瘦得只有那么一条儿了，像一根高粱秸秆儿。

我的心中一酸。

"刚睡着，一宿没睡，就惦记着你呢。"父亲把炕上的秸秆和布块拢了一下，让我坐下。

"这是干啥呢？"我瞅着这些东西。

"一阵糊涂一阵明白的，你的娘啊，像个孩子，给你们做'龙衣'呢。这不，怕你们拿错了，让我写上你们的小名。"

我看见母亲的枕边，摆着四条用高粱杆和圆布块儿间隔串成的"龙衣"，歪歪扭扭，缺胳膊少腿的。

时间都去哪儿了？这"龙衣"给我们找回来了啊！

我仿佛看见：我，大哥，二哥，小妹，穿着母亲缝制的"龙衣"，在院子里嬉戏玩耍。

天空真蓝啊，阳光真暖啊，年轻的母亲，就静静地倚着门框看着我们。她的头顶上，是那个火红春联的横批：春回大地。

第二辑

传奇

◀ 狐
·······

我娶了个年轻貌美的女子，美死啦！

"一枝花插在牛粪上了！"

丑汉配美妻，没办法，规律。

这么漂亮的女人，他养不住呢。

村里人说啥的都有，我不在乎，嫉妒罢了，羡慕罢了。

这年冬天，村东的赵家出了件事儿。

那天一早，老赵走在村口碰见老李。老李说，你可真勤快，半夜三更还干活啊。

老赵开着个加工房，给人家加工米面，小有收入，日子过得不错。

老赵一惊，没有的事儿，谁半夜还去加工啊。老李就说，那我可是听见你加工房里机器响呢。

第二天半夜，老赵带着儿女偷偷地潜伏在加工房窗外，惊人的一幕出现了：几个金色大狐狸排队从门上方的破洞里来到加工房，一个狐狸轻车熟路地掀起了电闸，另外几个学着人的样子抻口袋倒粮食，忙活得有模有样！

这个事儿是丑汉听说的，村里人讲得有鼻子有眼，丑汉将信将疑。

晚上，两口子躺在被窝里，又说起这件事儿，丑汉说，狐狸真有这么神？我还听说许多狐狸的事儿，能操控某个人装神弄鬼给人看病，还能把两家的饺子给换个儿呢，荞面皮的换成白面皮的，多了。哎，你信吗？

女人半天没没说话，然后就来了句：你信吗？

丑汉说，我不太相信，哪有那么神啊。

"那可也没准儿呢。"女人说。

"不说了，拉灯睡觉！"丑汉拉了灯，就搂住了女人。

女人推开男人，"你真不信？"女人笑着说："你拉开灯。"

"拉开灯干啥？睡觉！"

"你拉开灯。"

◀ 横

　　"好文章，好文章啊！"

　　选官张大人摇头晃脑地读着一篇署名张生的考生文章，赞不绝口。

　　可是渐渐地，张大人脸上的笑容凝固了，变成遗憾的表情，"太可惜啦，咋会犯如此严重的错误呢？"

　　在文章的结尾处，"皇恩浩荡"的"皇"字，竟然少了一横！

　　要命的一横！那是皇上的皇啊！

　　这样的错误，不能饶恕！犯这样的错误，就完了，本来能中状元的材料啊！

　　张大人连连摇头。

　　可是，奇迹出现了！张大人以为他的眼睛出了问题，用力揉了揉，再定睛细看，果然！那一横明明存在啊！

　　是几只黑色的蚂蚁！

　　张大人笑了，倒啥乱？他用力一吹，蚂蚁就被吹散了。可是，马上，几只蚂蚁又恢复了刚才的形状，那一横，又出现了！

张大人心中一惊，他停了手。

这年的状元，就是张生！

前些日子，张生坐船进京赶考，有老妇落水，张生毫不犹豫，跳下水把老妇救了上来，就在他拧自己的湿衣服时，又见飘在水中的一片树叶上，几只蚂蚁在上面挣扎，张生二话不说，扔掉衣服，再次跳入水中，把树叶连同蚂蚁小心地捞了起来……

◀ 消失了的世界

我是在做梦吗？

这边，青山绿水，鸟语花香。那边，天高云淡，烟波浩渺。见不到一辆汽车，看不见一丝灰尘，闻不到一缕浊气。

我反而像一个外星人，一个沾满铜臭气市侩气的外星人。这里的人，男耕女织，生活古朴。一切都是浑然天成，饿了，吃地里长出的粮食；渴了，喝清清凉凉的溪水。这样的场景，我恍惚见过，很久以前了，也许是在书里，在梦里见过，向往过……

人们用异样的眼光瞅我，这个身穿貂皮大衣、手拿苹果手机的怪物。

我也不忍心打扰他们平静自然的生活，悄悄地躲在一边羡慕着……

忽然，我就看到天那边飘来一片黑云，伴着怪怪的味道，我知道，那是我那个星球上飘来的汽车尾气！坏了！下起墨雨来了！人们纷纷四处逃跑，不知道发生了什么事儿。

转眼间，一个美丽的世界消失了！

"混蛋！是谁破坏了这么美丽的世界？！是谁？！"我心里大骂着，差点儿脱口而出。

"终点站到了，请带好您的物品下车。"

我清醒了过来，公汽上的玻璃，那片美丽的霜花不见了。窗外，还是那个车流滚滚尘土飞扬的世界，我不得不投入进去，继续生活……

◀ 谁见着我的羊了？

"谁见着我的羊了？"

男人发了疯般，见人就问。

"谁见着我的羊了？就是脑门儿长着一撮黑毛儿那个。"男人急得满脑袋是汗，红涨着脸。

可没人见着，都摇着头。

"可怜见儿的！我的儿子啊，一只羊几百块，上哪儿张罗这钱啊，东家不得吃了你啊……"老娘急得一病不起了。

放羊回来，到了村口，一个不少的，男人查过。可进了村，送到东家，就发现少了一只！

天都黑了，男人吃不下饭，像丢了魂儿，在村子游荡着，打听着。

深夜，男人做梦，梦见那只羊说，我在村东头李老四家，快来救我啊。

男人激灵一下醒了！

第二天，刚蒙蒙亮，男人就去了村东头李老四家。

"四哥啊，你见着我的羊没？"

"我、我哪见到你的羊啊！"李老四显然没想到这么早男人过来，慌了一下，镇定着说。

李老四的老婆孩子躺了一炕，合盖着两条脏兮兮的画着大缠枝莲的花被子。

一股浓浓的羊膻气弥漫着整个屋子，熏得男人几乎打了个趔趄。

"真的没看着啊？四哥！"

"我还骗你啊。"李老四明显不高兴起来。

男人嗅了嗅鼻子，"真浓啊，这味儿！"

"昨天他姥爷，带来一块羊肉，呵呵。"李老四尴尬地笑了笑。

"那，我再去别处找找。"男人来到院子，就见李老四那只大狼狗叼着一块骨头跑了过去。

"你看这狗，啥都往家里叼！"

男人想说什么，又咽了回去。男人家孩子多，无奈送出去一个，人家给了 200 元，男人还给了东家。

不久，李老四老婆又生了一个孩子，奇怪，这孩子是个畸形儿，活脱脱一只羊啊。头顶还俩犄角呢。

◀ 刀划过的声音

张老汉好好的，有一天忽然就觉得不舒服，开始浑身发痒，后来就伴着剧烈的疼痛，刀刮一般。夜深人静的时候，张老汉似乎都能听到那刀片如一阵阵风般，"哗哗啵啵"地刮了起来！

张老汉不知道这是怎么啦？家人带他到医院去查，也查不出个子丑寅卯来。

有一天，夜深人静的时候，听着那如风般的刀刮声，张老汉忽然想起一件事来，这让他惊出一身冷汗！那疼痛，也更加剧烈起来。

那是 40 多年前的事了，那时张老汉只有 20 郎当岁，家里穷，与伙伴到外地"跑盲流"，没挣到钱，已到了吃不上饭的地步。

与伙伴边讨饭边往家里赶。路过一寺庙，是清晨的时候，人还不多，很静，松涛阵阵，隐隐有梵音传来，香气缭绕。

两人站在一座佛像前，这是一座镀有黄金的佛像，真人大小。张老汉突发奇想，他向四周瞅了瞅，快速掏出小刀，在金像后背上"刷刷"地刮了几下，金粉如雨般落到他的手掌上……

◀ 午后的战争

夏日的一个午后，火辣辣的太阳肆无忌惮地炙烤着大地，广袤的黄土地上，没有一丝风儿，只有蒸腾的热浪。

两军战士对峙着，一方身穿黄铠甲，一方全副武装着黑铠甲，在阳光下，都反射着刺眼的光芒。

静得可怕，似乎一根针掉在地上也能听得见。

这是一块兵家必争之地，多少年了，你来我往，均想据为己有。

一声呐喊拔地而起，如闪电划破了天空，火热的太阳似乎也抖动了一下。战争开始了！黑黄两军交的在一起，杀声震天，狼烟四起。

忽然天空暗了下来，似有一根巨柱挡住了天空，两军战士均停下了厮杀，强大的恐惧涌上心头。惊恐中，一束巨大的滚烫的水柱倾天而下，两军战士无处躲藏，惊叫连连。

几秒的工夫，太阳就舔净了最后一滴水珠。

尸陈荒野，寂静无声，如世界末日。

"老公，快来看啊！瞧瞧你儿子，多厉害！一泡尿滋死了一群蚂蚁！"年轻的女人抱起儿子，喜滋滋地回到屋里。

毒辣辣的日头，仍然挂在天上。

◀ 无处容身

当主人带着我走出家门时，我们被眼前的景象惊呆了：到处都是汽车！主人不得不拎起我，费尽周折，从汽车的夹缝中杀出包围，冲出小区，来到大街上。

"哎哎，你干嘛呢？那是啥东西？"一交警跑了过来，对主人气急败坏地说。周围的人也如看西洋景般围观我们。我这时才发现：马路上车流如潮，哪里还有我的位置？

妈呀，在主人生病的日子中，世界竟变化如此之大！

主人只好推着我，来到单位，可哪里还有停放我的位置？到处都是车！百十来万的，十几万的，几万的，连收发室的老张，都开上 ××× 了！主人不由得笑了："老张，这是咋了？你到单位几步远啊，还开个车！"老张说："小李，现在没车就是没面子啊！你没听说嘛，过几年天上也都是私人飞机了，地上满了，开始向空中发展了。"想象着蔚蓝的天空上，也如地上一般密密麻麻如苍蝇般的飞机，我们不寒而栗！

我是无处安身了，也没用了。主人只好把我送到街头废旧市场，接收我们同类的老赵正要锁门："我都打算锁门不干了，收不上来了，看来你是最后一个了。"

　　我进了屋，发现许多同类蓬头垢面地挤在一起，可怜巴巴的。想当年，我们是多么风光啊！

　　主人向我挥挥手，恋恋不舍地走了。我浑身冰冷，流下两行清泪。

　　你们应该猜到了，对，我是一辆自行车。

◀ 开 会

我后悔死了，咋跑到这里乘凉呢？

"同志们，现在开始开会。"

我赶紧逃了出去，我最怕听到"开会"二字，满嘴的废话，烟雾缭绕，人体的汗臭，烦死啦！

人类咋就这么喜欢开会呢？

走廊里，这个窗口不错，空气新鲜，等等，我歇一会儿。

我往外面一看，阳光明媚，蓝天白云，鸟儿飞翔，多好啊，我可怜那些开会的人们！

我得离开了，几个开会的男人和女人溜了出来，假装去厕所，我知道，他们是借此出来休息的，男人抽颗烟，女人化化妆，谈谈家长里短，交流一下哪个商场又进来新的衣服款式。

几个男人向窗口走来，一个年轻的小伙子，他发现了我。讨厌，他竟鼓起了嘴巴，向我吹来！我顿时飞向空中，这是个十五层的楼房啊，我吓死了！嘿，我忽然想起来，我会飞啊！

我落在了另一层窗户上，想喘口气，惊魂未定，耳边又听到一声：现在我们开会！

天啊，烦死了！我继续飞。

终于回到自己的家，家里人见到我，二话不说，拉着我往外走，快些快些，就差你了！我扯开他们的手，干啥去啊？你们！

"开会啊！"

"啊？也开会啊，咱们七星瓢虫家族也开会？咋跟人类一样啊！没劲儿死啦！"

◀ 杏花源记

　　某日，李武携妻子误闯入一处杏花源，但见杏花满坡，芳香阵阵。蜂飞蝶舞花海，人们劳作在杏树下，耕地里。麦苗青青，人欢马叫，好一派盛世田园图。山下，一排排木楼干净整齐，院子里花草繁茂，鸡鸭追逐欢叫。孩童骑着竹竿，挥着木质大刀嬉闹。

　　问之，答曰不知有奥巴马萨其马巴拿马，也不知特朗普、欧盟、航空母舰，更不知购房、贷款、转基因、学区房、污染食品。他们只是自给自足地过着原始的生活，和平相处，共同劳作互相帮助，有福同享有难同当。

　　李武夫妻大惊，世上竟还有这样的世外桃源？李武趁着他们不注意，偷偷拍了很多照片。暗暗记下地址。参观完，村民送出李武夫妻，就觉迷迷糊糊走出一个水帘洞，再回首，不见来时路。心下惊异。

　　回市里，每每回想，恍如梦。工作压力大，还房贷力不从心。李武就想搬到杏花源去，查那个方位，没见有"杏花源"字样，导航，也无济于事。难道是假的？李武想起拍的那些照片，照片不能是假的吧？翻出手机，查看，就见那些图片，早已模糊一片，啥也看不清楚⋯⋯

◀ 驯 蚁

张青年二十有三，懒，但见伙伴们都事业有成成家立业，心里也痒痒的，于是整日琢磨着不费力气又能发财的招数。

这日，张青年正蹲在地上，瞅着一窝蚂蚁发呆，忽然来了灵感：驯蚁！

张青年提上一个空罐头瓶子，四处寻找中意的蚂蚁。不久，他就捉到一只个大貌美的黑蚂蚁。

张青年带着蚂蚁偷偷地躲进村后一山洞，冬去春来，他调教出一只出色的蚂蚁！这蚂蚁了不得！时刻听从主人的指挥，叫它向东，它就向东了；让它上树，它就上树。

张青年得意极了，他把蚂蚁装在一个火柴盒里，高高兴兴地下山了。

张青年带着他的蚂蚁到城里去卖艺，他先来到一饭馆，想填饱自己的肚子再说。等菜的工夫，张青年按捺不住，就美滋滋地轻轻地捏出蚂蚁放在桌上，把脸向站在一边的伙计一扬：

"伙计，看！蚂蚁！"

那伙计赶忙探过身子，伸出食指朝桌上一捻：

"对不起，客官，我们这饭馆卫生不太好，你多担待吧，呵呵。"

◀ 密 码

他常常做梦找不到回家的路。

这次，他又迷路了，和往常一样，打手机，根本打不出去。他渴望还如往常一样，听到亲人呼喊，他就能顺着声音回来。可是，他听到的声音，是亲人们的哭声！他想喊，我这就回来！可是，好像有人牵着他往前走，他忽然知道，回不去了！

他记得，母亲讲过，人死了，要等到给他送盘缠时才知道。那么，这是为我送盘缠了？他听到，那哭声最响的是他的妻子，声音最稚嫩的是他的儿子。妻子年轻，儿子也小呢。这该死的病，恨自己始终不当回事儿，觉得年轻，都能扛过去！

他看见那飘扬的纸灰，变成钞票飞舞。他知道，这是他到那个世界要用的，他弯腰去捡。他泪眼朦胧，看不清地上的纸钞，不甘啊不甘，还有那么多要做的事，孩子还要他抚养，年迈的父母也需要他赡养……他忽然想起一件事，惊出一身冷汗，密码！家里所有的存款，都是那一个密码，就他一人知道！急中生智，他想到一个办法！他想，妻子会发现的，会的……

送殡回来，尽管伤心欲绝，但该处理的后事还需要处理，妻子强打精神忙活着，她打开存折时，一下子懵了！密码！东屋里，妹妹和儿子说话，就听儿子说，我看见爸爸那天弯腰捡钱呢。这是老一代的传说，只有七岁以下的孩子才能看见送盘缠时亡人的影子。妻子在这屋听了，一阵心酸……就听儿子又说，我看见爸爸拿着树枝在火堆里使劲地画了几个字……

妻子忽然想起什么，快速奔向村口，那里，还有灰烬。她赶快扒拉开余灰，就发现几个数字！

他爸……他爸啊……

◀ 拽
·······

老公公九十岁那年冬天，没了。

老公公能活，在他们这个家族，是活得最长的了。

十年前，老公公就瘫倒在炕上了，是玉荣这个儿媳妇端屎端尿，伺候了十年！

虽是喜丧，但毕竟是人走了。玉荣伤心，忙里忙外招待前来吊孝的亲人，不时地偷偷擦眼泪，还要陪刚来的亲人到棺材前烧纸磕头，哭。每次都是哭得嗓子发哑。

大儿媳耻笑：一个儿媳妇，那么痛哭，让人笑话。

小儿媳说，哭啥？哭钱呢！老头子每月 2000 多……

这样的冷言冷语经常听到，玉荣并不在乎，人在做，天在看呢。

晚上，做法事，亲人们挨个三拜九叩，转桌子。

小儿媳脸色铁青连滚带爬地闯到里屋来：可了不得啦！

咋了？老婆婆问。

我抱柴火经过东门口，有人拽我裤脚！该不是老头子拉我吧？

众人听了，掩口笑。不做亏心事，不怕鬼敲门。

小儿媳喊：二嫂子，你快去抱柴火吧，我可是不敢啦！

玉荣想，疑神疑鬼，神经！她大着胆子，去东门口抱柴火，故意走了几个来回。估计是道旁那根树杈子刮了她吧！

不过，玉荣又一次去抱柴火时，也被拉了一下！玉荣心里一惊：他老婶子说的是真的？瞧一下脚下，没有树杈子，是一只枯瘦如柴颤巍巍的手！就听一个苍老声音低低地说：柱子她娘，别害怕，是我。我忘了告诉你，南院墙脚下，我埋了一个坛子，里面有一摊子大钱……

玉荣醒了，这是老头子没了的"头七"日子。玉荣想起这个梦，说不出啥滋味。她惶惶地起来，简单梳洗一下，准备饭菜，亲戚们要来烧"头七"呢。

忽然想起那个梦，玉荣晚上趁着没人，偷偷去那个墙角一挖，果然！

◀ 书 生

　　读书读得晕头转向，很长一段时间都缓不过劲儿来，我决定把书本放一放，出去走一走，外面的空气真新鲜，一切好像都是新的，心情一变好，大脑似乎也更清凉清醒了。再拿起书本，原来看不懂的东西似乎一下子迎刃而解。

　　进京赶考的日子到了，中途住在一家小旅店里，旅店虽小，但收拾得很干净。对面床已住进一个书生。书生面色苍白，穿一身月白色的衣衫。见我进来，书生抬头冲我笑了一下，又低下头看书。书生看书很专注，几乎是贴在了书本上，像在吃书的样子。

　　我赶路赶得累了，简单洗漱了一下，倒头便睡，半夜醒来，见书生还在看书，仍是很专注的样子。煤油灯下，脸色显得更加苍白。

　　不久，榜单公布，虽不是状元榜眼，也总算金榜题名，我很高兴。进京看榜归来，又住在那家旅店，巧的是，又与那个书生住在一起。书生没中，我替他惋惜，书生也很伤心："你说，我每天扎在书里，恨不能把每个字都吃了，不瞒你说，我天生就喜欢书，喜欢书的味道，甚至喜欢每个字的味道。离开谁都行，就是离不开书！可老天不长眼，我为什么屡屡不得中呢？"我听了书生的话，感慨万千，我想劝劝他，这样死读书是不行的。可我望着书生那苍白的脸，却一句话也说不出来！就感觉那些话都憋在肚子里，翻江倒海，很难受。我大口喘气，还是呼吸仓促。

我终于被憋醒了。抬起头，面前是豆大的灯火，一本《中庸》打开着。忽然，我发现一只蠹鱼，正静静地趴在"道也者，不可须臾离也"的"道"上。

◀ 依 靠

"来，过来啊，姗姗……"母亲有气无力地招呼着姗姗。

姗姗慢慢挪移到母亲病榻前，眼中含着泪水。

母亲三年前得了一场大病，艰难地熬到今天，就要走到尽头了。

"姗姗，我走后，你就清净了，我再也不折腾你了……好好地，跟你哥哥讨生活吧，长大了，寻个好婆家……"母亲气若游丝。躺在病榻上，人，像一张风干的荷叶。

我说，你放心吧，妈妈，我会照顾好妹妹的！泪水不争气地往下掉。

姗姗没说话，就是在默默地掉眼泪。

姗姗不能说话，因为它是一只猫。

那年，妹妹忽然暴病去世，母亲急火攻心，忧伤过度，终于大病不起，神智失常。是这只忽然闯入我家的花猫，让母亲在死亡线上挣扎，并没被死神拉走，母亲把猫认作妹妹。也怪，那猫就对母亲亲近！真像一个体贴入微的女儿，整天偎在母亲怀里。

母亲去了。

没几天，我就忽然发现，那只猫，不知何时不见了……

◀ 狼

寒冬腊月，小北风嗖嗖地刮着，我裹了裹儿子给我的旧军大衣，走上了北梁。

北沟这个娘们，累得我几乎散了架！谁想到孩子是横生！还不错，总算母子平安。

哪碗饭也不好吃啊。等儿子转了业娶了媳妇，就不再干了，也享享清福吧。

太阳已落了山，山顶的几棵大松树被风刮得呜呜叫，都有些瘆得慌！再仔细听听，不对啊，这好像不只是松树，狼！？我的汗毛立时乍了起来！

我四处撒目，可不是咋的，在那半山腰，还真有一只狼！正冲我呜呜叫呢！那声音，不知咋形容，像是哭。

我矮下身子，拿起一块石头。那狼见状，不但不跑，反而叼起一块东西冲我跑来！

我转身就跑，那狼就追！我哪里跑得过它呢，我赶紧掰断一

第二辑　传奇

棵小松树，拿起松树棍子，站在狼对面！事到如今，不是你死就是我活啦！

奇怪的是，那狼并没有扑上来，反而前腿跪了下来，松开嘴里的东西，我一看，是一块红红的肉！接着，那狼就呜呜咽咽叫了起来，眼泪就跟着流下来了。

我心里就软了一下。

那狼胆怯怯地慢慢向前，把那块肉放到我脚下，就用嘴扯我的裤脚，我浑身肌肉僵硬，手里的棍子就松了开来。那狼回身就往半山腰走，并连连回头，露出哀求的眼光，我于是就慢慢在后面跟它走。

来到一个山洞，就见一只母狼，正在痛苦地叫唤，肚子鼓鼓的，显然难产了！

◀ 狗

"奇了怪了，鸡蛋呢？"女主人从鸡窝那伸直了腰，疑惑道。

木匠老李正在给女主人打她闺女出嫁用的组合柜。雪白的刨花撒了一地，散发着木香。女主人的话让木匠很不自在："该不是哪家孩子淘气吧？"

第二天，女主人从地里回来，看了下鸡窝，又喊了起来："嘿，又没了！"一只猫正悄悄地经过女主人身边，女主人踢了猫一下："该不是你吧？"猫委屈地叫了一声窜到了墙头上。

木匠老李清了清嗓子，说："你该问问你那可爱的狗啊。"

女主人抄起根棍子，劈头给了大白狗一下子："你个馋鬼！"

大白狗惨叫了一声，恨恨地瞅了老李一眼，跑出家门。

几天了，不见大白狗回来，女主人说："这个家伙，还记了仇了？偷吃鸡蛋，还有理了？"

木匠老李终于干完了活，与东家结算清楚，打点好家伙什回家。

太阳快落山时，走到北梁，远远地发现一只白狗静静地蹲在路口！

近前一看，真是女主人家那只大白狗！

看见木匠老李，那只白狗大叫一声冲老李蹿了过来！

这老李不是一般人，早年练过的。手里一把锛子，闪身躲过白狗，那白狗扑了个空，还没等转过身来再扑向老李，老李的锛子就直奔白狗狠狠地砸去！

白狗呜咽了几声，就挺了身子。

老李擦了一下脑门的冷汗，收拾好行囊，继续前行，就发现，在那只白狗刚才蹲过的地方，有一个几尺深的坑，长度和老李身高差不多。坑外，土，很新鲜。

◀ 梅　郎

　　乍暖还寒，花园里，梅花绽放。

　　小姐没心思欣赏，她懒懒地坐在石凳上，梅郎，你在哪里？

　　去年的今天，与梅郎偶然相见，暗定终身。转眼一年，杳无音信。

　　午后的阳光，暖暖地照在身上，小姐神思恍惚。

　　"梅郎，你怎么才来啊？"

　　"小姐，你的爹嫌贫爱富，对我们横加干涉，怕我见你，勾结官府捉拿我进了大牢！"

　　"那可怎么办啊？"小姐手拉梅郎，泪水涟涟。

　　"小姐啊，我已到了刑场，没办法！我这就去了，咱们只能来世再见了……"

　　"梅郎！梅郎！"

　　"给你一朵梅花吧，见梅如见我……"

　　"小姐，小姐！你怎么睡到这里了？小心着凉呢。"丫鬟上前来扶小姐，"咦？小姐，你的额上有一朵梅花！"

"梅花，哦，梅郎！春香，你可知梅郎的消息？"

"老爷不让说……"

"好春香，你快告诉我……"

"梅郎，他、他……，他已在昨天去了！"

小姐呆呆地站定，浑身冰冷。

小姐被扶回绣房，昏沉沉地躺在床上，渐渐形容枯蒿。

这天，小姐强打精神，轻移莲步，来到梳妆台前，揽镜自照，惊住了：

苍白消瘦的脸庞，一朵粉红的梅花，正开在额头上！

"哦，梅郎，梅郎！我这就去也……"

（注：《太平御览》卷三十《时序部》引《杂五行书》："宋武帝女寿阳公主人日（正月初七）卧含章殿檐下，梅花落公主额上，成五出花，拂之不去。皇后留之，看得几时，经三日，洗之乃落。宫女奇其异，竞效之，今梅花妆是也。"）

◀ 鹅　掌

··

　　张庆养鹅不吃肉不吃蛋，他要鹅的掌，"白毛浮绿水，红掌拨清波"，张庆只要鹅的红掌。张庆开了个饭店，卖鹅掌，张庆做的鹅掌好吃，丰美甘甜，香而不腻，厚可径寸，食中异品。

　　可如今张庆老了，干活有些力不从心。

　　张庆有些着急，儿子的志愿是从政，前年已考上公务员。女儿早晚是别人家的，传男不传女，他不能坏了祖宗的规矩。

　　跨过阴阳界，趟过莫愁河，穿过奈何桥，张庆迷迷蒙蒙中，被两个长得像鹅样的小鬼儿带到阴曹地府。

　　"大胆的张庆，你在阳间干的好事！"

　　"我、我没干坏事啊？"

　　"胡说！你看我们的脚！"

　　张庆抬起头，看见一片鹅掌，个个红肿着、溃烂着，腥臭的脓水还往下滴呢！

　　"来人，以其人之道还其人之身，让他也尝尝这'炮烙之刑'！"

有人立刻过来，抓住张庆的两只脚就往滚开的油锅里摁。张庆一声惨叫，昏了过去。有人抽出张庆的脚，浇上凉水，张庆醒了过来，又有人再次抓起他的两脚摁到锅里！张庆再次大叫不已。

"爸、爸！你醒醒！你怎么了？"是儿女们的声音。

张庆睁开了眼，才发现自己刚才做了个梦。可他觉得双脚疼痛难忍。

儿女赶忙脱下他的鞋，惊讶地发现，老头子的脚红胀发亮，不久，就溃烂流脓，由脚到腿，再到心脏……张庆死了。

（清代李渔《闲情偶寄》载："昔有一人，善制鹅掌。每豢肥鹅将杀，先熬沸油一盏，投以鹅足，鹅痛欲绝，则纵入池中，任其跳跃。已而复擒复纵，炮瀹如初。若是者数四，则其为掌也，丰美甘甜，厚可径寸，是食中异品也。"）

第三辑

世象

◀ 邻 居

我家住在顶楼，七楼，后面有个十平米的平台，与邻居只隔着一面2米的小墙。只听到邻居说话声，从没过长得啥样。

这次，我不得不去面见邻居了。

我丢了钥匙，妻子回了娘家。百般无奈中，我想到了邻居，不知人家同意不同意呢？我怀揣着忐忑，敲了敲门，门打开了一条缝，露出一张漂亮的年轻女人面孔：你找谁？

"我是你们邻居，我的钥匙丢了，你看，能不能从你家翻墙过去……"

"邻居？"女人稍微把门拉开些："是真的吗？我可没见过你呢。"

"真的真的，我真的不骗你！"我的汗都下来了。

女人笑了："那好吧，你可别骗我。我不是引狼入室吧？"

"你看我像坏人吗？这是我身份证，喏，我在报社上班。"我掏出身份证给女人看。

女人终于放行。我不费吹灰之力就翻过墙来，从窗户进了自己的家。

妻子回来，告诉了她这件事儿。我们忽然就害怕起来，这么矮的墙，他们可说来就来了，谁知到这家的男人咋样啊？

过了几天，我找人拉来材料，来到平台，准备把平台封起来。这时，我见邻居两口子也在与工人忙活着封平台呢。我看了那家男主人一眼，他也正看我呢？我们快速地各自撤回自己的目光，我的脸有些烧，他也是吧？我想。

◀ 独角戏

老公啊，今天回，在公汽上呢。

咋了？你妈在大姐家摔着了？腿断了？咋弄得啊？

挂玉米棒子？该！跑丫头家干活去了，在咱们家让她干点儿活那叫一个难啊。

啥？接回来？你敢！在哪儿摔坏的就在哪儿养着！

送医院了？告诉你啊，你去看行，不能出住院费！一个子儿也不出！大姐出啊，在她那儿摔坏的，给她干活啊。你愿意去你去看，我没空儿！买营养品？花个三四十就行了啊，咱挣那点儿还得给孩子交托儿费呢。

好了，别说了，电话费！

哎哎，对了，咱家咪咪咋样了？你上次不是说病了吗？好了？哦，好！记着好好喂喂它，买点儿猪肝儿吧，它爱吃。

好啦好啦，别说了，我该下车了！

女人终于打完电话，下公汽去长途车站了，脸上带着胜利者的满足感。

　　我们长长舒了口气，女人的高嗓门儿，不得不叫大家欣赏她一个人的表演。

◀ 老张与老马

　　老张那时候还不老，由于做事稳重，言谈缓慢，人们就叫他"老张"。老张在队里做饲养员，照顾马。老张善良，对待牲口和对待亲人一般。社员都说，让老张当饲养员我们放心！一匹小马下生时体弱多病，老张细心呵护，形同父子。小马转眼长大，要下地干活了，老张还有些舍不得。每次都要千嘱咐万叮咛使它的人，要多给它喝水，别累着它，它还小呢，身子骨嫩啊。一次，傍晚了，别的牲口都回来了，唯独小马，急的老张什么似的，不停地到饲养院门口张望，都看不清人影了，才回来。老张埋怨了几句，心疼地拉过小马，就见小马满身是汗，到马圈，举起马灯一瞧，老张的火一下子上来了！好你个孙青！哪有这么对待牲口的！小马身上有两道血印子！

　　老张给马放上草料，回身就去了孙青家，你这人咋回事？哪有这么使唤牲口的！？咋就那么狠呢！孙青说，你看你，至于吗？不就是一个牲口嘛！不是急着赶活嘛，这小马，你不能惯着他，净偷懒！老张回道，哼！我看有些人连牲口都不如！孙青也恼了，你说谁呢！？俩人脸红脖子粗，差点打到一起。本来挺好的朋友，从此互不来往了。

转眼就到了包产到户的年代，生产队的牲口都分到各家，老张说，我不要别的，我就要小马。小马此时也成了老马了。老马亲昵地拿脑袋蹭了蹭老张手臂，跟着老张回家。

有一次，老马拉着老张去县里拉煤。回来的路上，在一个下坡处，老张犯了困，一个打盹，就从车上张下来！是老马，使出浑身力气，立马挺住啦！还有一厘米，老张就打了车眼！

◀ 纯金项链

老李儿子和儿媳正心急火燎地四处翻箱倒柜找东西，老妈来了，两口子赶紧问，妈，看见项链了么？

前几天老口子出门，老妈过来收拾屋。

一问，老妈才想起来，额，我看见一条大项链明晃晃地在床头柜上，这么贵重的东西，咋就随便放呢，也没想出放在哪里更安全，看见你冰箱有猪肉，就拉开一缝，放进去了，这样保险吧？

啊！？儿媳妇呆住了！她出差回来第一件事就是打开冰箱，发现那块猪肉有味了，没有一点犹豫，就给扔了！

完了完了！两口子齐声嚷道，谁捡到这么大项链还会还回来！？

村里的垃圾都是有专人拉到北山东头那个垃圾坑去。两口子急忙赶到那里，满是呛人味道的垃圾堆成山，没有那块猪肉的影子。拉送垃圾的老张正忙碌着，听说这件事摇摇头，没注意。这说着，村里最困难的老孙媳妇这着急莽荒地奔了来，手里拿着一天项链，可村里我估计也就你们家衬这东西，听说你们正在找，看看是这条不？我们家那条狗，一大早就叼回一块猪肉，我看还能吃，就洗洗打算炖上。谁想到打开一看，竟然有这个东西！可真是有意思呢……

◀ 台 ········

老张和往常一样，安静地坐在靠窗户那排小桌子前，等着小伙计端来小米粥和油条。

这是小镇靠东头的一家小吃铺，老张多年的习惯，每天早上六点坐在这里吃早餐。

刚要吃，就见门帘一掀，进来一个男人，嘿，这不是老李吗？好几年没联系了。老张叫了一声，老李？那人一转身，看见老张，嘿，你啊。

几年没见了，还好吗？

还好，这不是今年退休了嘛，没啥事，早上一出来转转，顺便来喝碗小米粥。

老李想起一件事来，说，你不是在市粮食局上班吗？前年有这么个事，你说怪不？你们大局长，还有一个办公室主任，其他几个领导不认识，大冬天的，跑到我们台子山公园门口，非得要进去。你说，大冬天的，公园早就关门不营业了。我们领导把我从家里揪出来，给他们开开门。几个人闷着个脸也不吱声，匆匆登了下山顶，又急匆匆地走了。

奥，这个啊，我也退了，不怕得罪人，就告诉你吧。那是这么回事。他们是参加一个颁奖活动，几个领导在台上就坐、发言，然后该颁奖了，需要得奖的上台露脸，还要讲讲话嘛！于是，主持人就说，请领导下台，欢迎获奖者上台就坐，发言。领导于是都不高兴了，下了台就走了，也没给获奖者颁奖，急匆匆来到你们台子山，要上台嘛，你懂得。

说完，两人哈哈大笑……

◀ 杨老板的狗

　　我们这个小区，两样东西最有名，一个是杨老板，某煤矿大老板，有钱，肥得流油。杨老板膘肥体壮，挺着个大肚腩，浑身名牌，走路脸朝天。另一个，就是他的爱犬，高大威猛，不可一世。

　　小区里的人，见着这二位，都尽量躲着。

　　前一阵儿，上面下来通知，小区里不准养烈性犬。大家都说，这下好了，杨老板的狗该有人管了。

　　可是，别的狗都有了收敛，杨老板的狗照样耀武扬威。

　　"谁敢动我的狗？不要命了？"杨老板乜斜着眼说。带着大金戒指的肥手夹着大雪茄。

　　前几天，一个扫楼道的女人，在扫杨老板单元的楼道时，被杨老板的狗咬了。

　　杨老板甩给女人五百元钱，去打狂犬疫苗吧。

　　又过了几天，杨老板的狗又惹事儿了，咬了一个女孩儿的手！这女孩儿是个手模，要三十万！杨老板有些心疼，但又怕女孩儿与他打官司，那对他的生意还是不好的，杨老伴咬咬牙，给了。

杨老板踢了爱犬一脚："妈的，咬人你也看看啊，乱他妈咬！"

时间不久，杨老板还是眼含热泪狠着心，把爱犬送往屠宰场！

据说，这次咬的人是主管工矿的市里要员！

那要员说了，赔钱是小，赶紧把那畜生给我法办了！

◀ 照　看

"小宝，小宝哎，你往哪里跑啊，"张妈妈边喊着边追赶。小宝根本不听，一下子就跑到小树林里去了，这儿瞅瞅那儿看看，一不小心，沾了一身的泥。

"你看看，你爸爸刚给你买的新衣服！看回去你爸爸不打你！"

小宝这时就站住了，有些可怜地瞅着张妈妈。

张妈妈上前把小宝抱起来，爱抚地抚摸着小宝："不怕不怕，你要乖些，爸爸就不打你了。该吃饭了，我们回去。"

"张妈妈，带着小宝玩儿呢？"

"张妈妈，来城里住习惯吧？"

"张妈妈，有空儿就多出来走走，小宝不能总是憋在家里，会生病的。"

邻居纷纷和张妈妈打着招呼。张妈妈的儿子是市人事局局长。

张妈妈一一答应着，微笑着，可心里不知是啥滋味，腹部有些疼，该不是老毛病又犯了？本不想来城里，张妈妈不喜欢城里的生活，可儿子打过好几次电话，要母亲来带小宝。虽说是一条小狗儿，但张妈妈看得出，小宝就是儿子的命根子，受不得半点委屈。据说，这是一条价格不菲的纯种外国名犬呢。

◀ 穿越黑暗

我走在黑暗里，什么时候了？到了哪里？四周静静的，我停下来，喘了口气，我得好好计算一下。

我早已习惯了黑，我能像在白昼一样观察一切。我能发现，有许多同伴也在慢慢地、默默地向前走，心无旁骛。

我们要奔向光明，这是使命！

我有些羞愧，不能偷懒！走，走！我擦了擦汗，努力继续移动身体，我不能掉队，跟上，跟上！

光明就在前头了！这我知道。

我已走了十年！在黑暗里。

在黑暗里，从小到大，我要到光明里接受成人礼，我要到光明里去歌唱！

虽然我们的歌唱，只能进行一个夏季。但为了理想，值！

到了，到了！我终于见到了光明，我就要快乐地歌唱了！

我耗尽了最后一点力气，努力地拱出了地面。

"妈妈，快来啊，我发现一只大蚕蛹！"

"好孩子，妈妈也捡到不少呢。今天中午，妈妈给你炒蚕蛹吃啊。"

这是我来到这个光明的世界里听到的第一句话，也是最后一句。

怀念声名狼藉的日子

　　是时候了，阿树挨个看了看熟睡的家人，眼里满是泪水。他决然地转身，向家门外走去。

　　子夜的城市，仍是灯火辉煌。偶尔还能见到几个酒鬼跌跌撞撞。阿树慢慢地躲到阴暗里，他不想惹麻烦，再等等。

　　离那条马路并不太远，也就200米的样子，可阿树觉得很漫长，老了，老了，唉。

　　城市的夜，开始越来越静了，阿树躲在静静的暗里，悲欣交集，他想到了年轻的日子，那是多么快活的时光啊！恋爱、结婚、生一大群孩子，日子过得红红火火，满街乱跑不知疲倦，偷瓜掠枣，抢米沾油。人们大骂他们，甚至想置他们于死地！可他们不怕，跑，是他们的强项。他们年轻，有的是体力。那是一段声名狼藉的日子，也是最快乐的日子。年轻，有胡闹的资本呢。阿树想到此，浑浊的眼里有了一丝笑意。

　　一声汽车的鸣叫，打破了他的回忆，可以了，走吧，没什么犹豫的。他们的家族，就是这个传统，不给别人带来麻烦。老了，不能动了，就选择自己的归宿！这样活得才有尊严啊。

阿树累得满身大汗，他终于来到马路中央，一辆汽车飞奔而至，阿树最后看了一眼这个世界，再见了！然后，他闭上了眼睛……

太阳升起来了，新的一天开始了，人们上班经过马路，就看见一只老鼠静静地躺在马路中央，血迹已干，只剩薄薄的一张毛皮……

◀ 我的追悼会

"现在，陈立追悼会正式开始。"

谁的追悼会？我的？恍惚记得，陪赵局长接待市里来的领导，酒喝到一半，我就一头栽到桌子底下……

那么，我是死了？也好，从此不用再喝酒了！

记得刚到局里，局长在一个酒局上就说，我们这些人，喝酒，就是工作！不会喝酒，喝不好酒，就不要在这儿混了。

从此，我就拼命地喝酒，也喝出了水平，大小酒局，局长都带着我。我也逐渐喝出了成绩，由小小科员，再到副科级科员，如今已是副科长了。我算着，再有几年，混个科长，没问题！好好喝吧。

可是，那次体检，我被查出了肝硬化初期。医生说，千万不能喝酒了。

这次，局长说来的领导很重要，直接关系到局长的升迁。我只能舍命陪君子了。局长还说，这次喝好了，升你个副局！就算喝死了，也是一等功，抚恤金一百万！

结果，喝到一半，我不行了……

"陈立同志工作兢兢业业，这次也是为了我县的发展，工作在第一线，他是带病坚持工作，牺牲在工作岗位上……"

局长的悼词，让我欣慰，总算也是牺牲在工作岗位上。

"我们班子研究并报上级决定，追认陈立为优秀共产党员，记二等功，正科级待遇，抚恤金五十万元……"

什么！？狗东西！我真想掀开棺材盖冲上去揍局长一顿！可我喝得实在是太多了，再也动不了了。

唉，算了，正科，也不错了。

我真的死了。

◀ 梦
·······

半夜，男人被推醒了，妻子问："咋了？做恶梦了吧？看你一脸的汗……"。

男人探身看了妻子一眼，紧紧地搂住妻子："啊，做了个可怕的梦，好在是梦……"

"啥梦啊？说来听听。"

"梦见你不理我了，跟咱村那个老张，对，就是他，留着个板寸头，蓝格半袖，月白七分裤。你还是那身天蓝色连衣裙，你俩偎在一起，往村口走去。我喊你回来，你也不理，还拉着老张跑了起来！我在后面追，你们就跑得更快！忽然，我看到你们快跑到东山那个悬崖边上，我急得喊了起来：前面是悬崖，快停住啊……停下啊！可你们连头都不回，一起跳了下去！

妻子听后愣了半天，然后淡淡地说："没事儿，睡吧。"

翻了个身，男人又呼呼睡去。

女人却再也睡不着了。世上的事儿真这么巧？那个老张，约好明天晚上趁丈夫不在家见面的，还见不见呢？

◀ 你能小点声儿吗？

虽说是租的，虽说只有 40 平米，虽说是阁楼，但我毕竟有了自己的家了！

在客厅里，我高兴得手舞足蹈。

我是个打工仔，干着一份不错的工作，收入嘛，还可以啦。

这天晚上，我把几个哥们儿叫了过来，庆贺一下。觥筹交错，好不热闹！

"当当当"，有人敲门。是楼下的，女人穿着体面，可说话一点儿不客气："你们是新搬来的？这是楼房哎，你没住过楼房吧？下面有人呢。"撂下这句话，女人不屑地瞥了我们一眼，扭身下楼了。

"牛逼什么？！"我们很生气，瞧不起打工的咋地？城里人有啥了不起？我们故意继续大声喧哗，满楼道都是我们的声音。

"咚咚"，楼下又敲起暖气管子来，我们干脆也敲暖气管子回敬。边敲边开心地大笑！

第二天，我故意又找来一帮朋友，半夜玩起麻将来，不时有麻将掉在地板上，叮叮地弹跳。我知道，小小的"叮叮"声，在楼下会像打雷般呢。

可奇怪，楼下一点儿动静也没有。

第二天半夜，我又故伎重演，楼下还是没有反应。

第三天一早，打开门，就见一条毛毯放在门口，上面压着小纸条：亲爱的邻居，我家有高三学生呢，你能小点儿声吗？玩麻将的时候，请铺上地毯好吗？声音会小些。多谢！

我默默地站在门口半天没动，然后，把毛毯轻轻地放到楼下门口。回到屋里，我把麻将收了起来，轻轻地。

◀ 落　叶

语文课上，老师让学生即兴说说秋天，看看学生的表达能力和欣赏水平。

丽丽先站了起来："我喜欢秋天，因为秋天是收获的季节。我喜欢落叶，金黄的叶子飘落下来，代表着成熟的美。"

大家给丽丽热烈的掌声。老师满意地点点头，让丽丽坐下，"还有哪位说说？"

"我也喜欢看落叶，看着叶子像雪花般纷纷落下，体会到诗一样的美……"张超爱读课外书，说起话来就是文绉绉的，他是语文课代表。

"我看到落叶，就很悲伤……人生苦短呢……"，田丽是个爱哭的女孩儿，大家都叫她林黛玉。

"张梅，你说说吧。"老师指了一下坐在最后一排的一个瘦高个女孩儿。

"我，我恨落叶……"

大家闻听，一下子静了下来，一根针落在地上，都能听得见。

老师也很意外，没想到这个平时不咋爱说话的女孩来了这么一句，"你接着说，为啥呢？"

"我妈妈是环卫工人，每到秋天，就要整天扫那没完没了的落叶，扫了一遍又一遍，要是没落叶，我的妈妈就轻快多了。"

一句话的事儿

小王在科里一干就是二十年，成了老王，还是个科员。

按说，老王名牌大学毕业，业务能力也不错，老实厚道，早就该提了，眼瞅着比他年轻的一个个都成了他的顶头上司，老王只有摇头哀叹的份儿。看来，老王就科员到王老了。

亲戚朋友都说，老王啊你可真是，太老实要吃亏的啊。

可这就是老王啊，他就是如此，不会那一套，也不愿意搞那一套。没办法。

可老王的机会来啦！

老王的舅舅，当了本市的组织副部长。

亲戚朋友劝老王：赶紧的，一句话的事儿！

老王禁不住大家的撺弄，给舅舅打了电话。

舅舅听后说，这是啥单位啊？这么好的人不提拔？没事儿，一句话的事儿！等着吧。

舅舅给老王单位的头儿打了电话，寒暄了一阵儿，舅舅说，老王是我外甥，你可得多多管教他啊。

老王单位的头儿说：哎呀，老王是您的外甥啊？你看看，你看看，没的说，一句话的事儿啊。

头儿找到老王，老王啊，你咋不早说呢？你看看，这几年让你受委屈了，你业务强，人老实，早就该提拔了！这样，你回去等信儿吧。会让你满意的，哈哈。

几天的工夫，老王就变成科里的副科长。

老王开始在人前挺起了胸，抬起了头，多年的闷气一扫而光！不会那一套的老王更加不屑与那一套了。

可是，老王舅舅不久就犯了事儿，撤了职，蹲了监。

老王被撤了下来。

头儿说，撤个职还需要理由？理由还不好找？一句话的事儿！老王这样的孬种，我他妈早就没看上他！

◀ 沉默的羔羊

天渐渐地凉了，早市上人还不多。

磨刀，备水，戴围裙，准备妥当，主人撸了撸袖子，扎煞着两只手朝它们走来，他一把拉过稍大些的那只，大些的回头瞅了瞅小的，眼里，含着泪水。没说什么，自从主人从山里把它俩带来，他们就知道了自己的命运！

主人麻利地把刀子快速地捅向大些的羔羊，后者连叫都没来得及，蹬了几下腿，就一动不动了。小羔羊别过脸去，闭了眼睛，泪水，还是流了下来。他不明白，人类为何这么狠毒呢？现场宰活羊，就为的是叫买者吃到放心肉，完全不顾它们的感受！

小羊哆嗦着回头瞅了一眼，主人正在剥羊皮，那红红的身子完全暴露在外面，让它惊心动魄。禁不住浑身颤抖起来。

"忍看朋辈成新鬼，怒向刀丛觅小诗"，小羊听主人的儿子念过这首诗，它只能看着朋辈成新鬼，可无法拿起刀来砍向这个坏人！它气得连叫声也发不出来，发出来又有何用？它知道，下一个就是他了。

下雨了！好好的天，忽然就下起雨来，主人忙不迭地收拾起羊肉，放到小车上，恨恨地骂了声"鬼天气！"开动车子，走上回家的路。

它长长地舒了口气，生命暂可无忧。

可是，明天呢？他希望大雨永远下下去！

◀ 项　链

下午三点多钟，刚逛完商场出来，阿梅正拎着包喜气洋洋地走在去公交车站的路上，忽然就觉得脖子火辣辣地巨疼了一下！扭头一看，俩小伙子正快速向左面黄金胡同跑去！阿梅一摸脖子，项链！手上还沾了鲜红的血！"快抓小偷！"阿梅说着就追了过去。也不知哪来的力气和勇气，阿梅眼看就追到胡同口，只差几步就追上了。可是，后面并没有别人来帮忙，那俩小伙子转过身来："再追，杀了你！"阿梅止住步子，说："项链是个假的！"不想这句话被俩小伙听到了，他们回过头冲阿梅扑了过来："娘的！竟敢耍老子！戴个假的糊弄人！不像话！"说完便对阿梅拳脚相加，把那个项链扔到墙角的垃圾堆里，然后扬长而去！

阿梅擦了擦嘴角的血，费力地爬了起来，连忙奔到那堆垃圾前，弯腰把项链捡起来，仔细地擦了尘土，小心地放到包里。阿梅心里说，真是万幸！虽是假的，但它比真的不知珍贵多少倍啊！

七年前，阿梅刚结婚不久，丈夫给她买了这个项链，在一家小超市买的,都知道是假的,但为了表达心意,丈夫还是买了下来。

他说:"梅梅,等我挣了钱,就给你把它换成真金的!"丈夫婚后第十天就去外地一家煤矿打工,在一次意外事故中丢了性命!

◀ 等　待

周姨不到五点就起了床。同室的李妈说，这么早起来干啥？天还不亮。

今天我儿子说来呢。

周姨美滋滋地说，收拾收拾。

李妈闻听，也起来穿衣服，帮着一块收拾屋子。

周姨特意穿上那件平时舍不得穿的旗袍，浅灰色底子绣着大朵的浅粉红色牡丹。

呀，你这是要相亲的样子呢。

周姨也笑了：儿子有半年没来了，好好打扮打扮，精神些，让儿子放心。

周姨还拿出平时积攒下的儿子爱吃的零食，很多都是养年院发的，橘子，大白兔奶糖……

忙活了好久，才坐下来喘口气。这时已经九点了。

儿子还没来，周姨倒是不急，儿子说来缴费，也许还在院办忙着呢。再等等。

周姨来到院子里，和大家打招呼，笑眯眯的。大家也高兴，大老板儿子要来了？这回可高兴了吧？

周姨也不说话，就是笑眯眯地点头。感觉今天哪里都好，天好，人好，花也好，草也好，池塘里的小金鱼都比平时精神呢。

将近11点了，还没动静，周姨有些坐不住了。她慢慢向院办走去，刚要敲门，院办主任小孙出来了，周姨，您找儿子吧？周姨点点头，心里敲了鼓。

小孙说，周姨，您儿子说，有急事必须走，就不去看您了。这不，我正要去告诉您呢。

周姨人一下子萎了下去，哦哦，没事，没事，我知道他忙的。

转身往回走，人蔫蔫的，大太阳正是最热的时候，有些晕。

"妈，有急事先走了，下次看您。"

儿子的微信。

周姨回：没事，妈知道你忙。我这里挺好的，你别惦记。

周姨关了手机，身体晃了几下，这该死的太阳，可真毒啊。

◀ 挡

......

　　一到夏天，傍晚的时候，村东头那棵大槐树下就热闹起来。大人在这里摆龙门阵，谈古论今，连那些狗猫的也被吸引了来，鸟儿也懒得早早进窝睡觉，歪着脑袋听上几段。如果讲鬼故事，孩子们也停止打闹，静静地坐下来，偎在大人怀里既害怕又期待地凝神静听。

　　"哎哎，你们谁遇见过'挡'啊？"二愣子大呼小叫。

　　"'挡？'听说过，就是走着夜路，就忽然啥也看不见了，面前黑得像墨汁儿一样！"

　　"我昨天晚上碰到了！我去我老姑家，回来走在南山上，忽然就看不见路了，前面像一块黑板样的东西挡着我。我只好向着有亮的地方走，哪里知道，走了大半天，还是在原路绕圈子！"

　　"瞎吹吧你就！"三利子笑。

　　"二愣子说的事儿是有的，不奇怪。"老李头说，"那年，我和几个亲戚去山东干活，也是走夜路。我弯腰提了一下鞋跟，接着往前走,就发现同伴不见了,才弯个腰的工夫啊。我赶紧快走,可总是追不上他们,同时觉得面前的路有些不对劲儿。这时,听到很远的地方有同伴在喊我,我停了下来,回应着。点着一根火柴,我吓了一跳!脚下就是一个大深沟!同伴循声赶过来,这才发现我离他们已经很远了!我向东边杀过来了!我老舅说,得亏你没办啥坏事儿,要不非得栽到深沟去丢了小命!"

九点多了,人们意兴阑珊,准备回家睡觉了。我也悄悄撤出来,走出一段路,发现没人在后面,就拐上去杨寡妇家的那条路。可走了几步,我想起"挡"来,便改了主意,扭头奔向家的方向……

第四辑

故乡人物

◀ 王大拿

"王大拿在我们村，这个！"有人问起王大拿，村里人都会翘起大拇指。

王大拿本名叫王永江，能干、聪明，村里红白喜事儿都爱找他料理。他没念过书，但啥都明白，所以大家叫他大拿。

王大拿的聪明，那叫绝顶聪明。人们都说，王大拿牛逼，与众不同，眼睫毛都是空的，他家的蚊子都是双眼皮的。

王大拿家的蚊子是不是双眼皮的，我不知道，但他家的蜜蜂，还真的与众不同。

王大拿养蜜蜂，我们村许多人家养蜜蜂。王大拿家的蜜蜂出蜜最多，这没啥奇怪的，大拿嘛。

这天，大拿查看蜂箱，咦？蜂王呢？王大拿脑袋"嗡"地一声，谁干的？敢动我王大拿的蜂王？

王大拿不动声色暗暗查访。

这天，他来到张春利家。那张春利正在整理蜂箱，见王大拿来了，慌忙把蜂箱关上了。王大拿暗笑，上前打开蜂箱，他看见了那只大大的蜂王。"这是我的蜂王！"

张春利脸红了："你说你这人，凭啥说你的呢？难道你的蜂王还有记号？"

"当然有！"

"你要说出记号，我服你！"张春利撇了撇嘴。

"我的蜂王左翅膀上有一个小缺口。"

一查，果然！

张春利蔫了。

◀ 小 朱

　　小朱是我们村的兽医，年轻，长得好看，大眼睛，白皮肤，一说话脸先红，像个姑娘。

　　像个姑娘的小朱，活计好，尤其是劁猪。小猪到了他手里，活快，猪也少受罪。

　　村里人喜欢小朱，愿意跟他开开玩笑，小朱，劁猪呢？小猪（朱）大猪啊？

　　小朱也不答腔，笑。脸红了。

　　"劁猪——好！"小朱经常大街小巷地喊。

　　"劁猪——好！劁死拉鸡巴倒——"一群孩子跟在小朱身后学。

　　小朱回头，脸上红红的。孩子兔子般四散。

　　小朱结婚了，媳妇也好看，眉目清秀，温柔贤惠。

　　媳妇近日脸上愁云满布，欲说还休。小朱有些纳闷，但没有问。

　　走在街上，村人说，小朱忙啊。

嗯。

小朱好人啊，活计好，该下手时就要下手呢。

小朱，老实人啊。

······

小朱越发不安了，这都是什么话呢？

小朱早早收工，回了家。百般追问，媳妇流着泪说了实话。

该死的村长！

第二天，人们发现，村长躺在自家炕上，奄奄一息，双手紧紧捂着裆部，一双卵子，无有影踪······

小朱家人去屋空······

◀ 花婶儿

花婶儿不姓花，因为爱花，所以都叫她花婶儿。那时，农家的生活很苦，有这份闲情逸致的实为罕见。所以，方圆几十里的人们都知道杏花村有个花婶儿。

花婶儿家到处是花，窗台上，甚至鸡窝上，猪圈墙上，都摆满了花盆儿，红红绿绿，很热闹。别人家院子里都种了蔬菜，花婶儿家的种花。

花婶儿的花，"只可远观而不可亵玩焉"。哎呀，这花真好看！鼻子凑近来闻，手也就要随着摸一摸。这时，花婶儿必捣着小脚走过来："哎哟，摸不得，花这东西娇着呢，你只是看吧。"

晚饭后，文革儿正在村东头的大槐树下玩儿。他家隔院儿的大印跑来说："毛主席死了！"

文革儿赶快跑回家，一听，果然！

大队把放拖拉机的仓库临时作了"灵堂"。文革儿也去了。灵堂里摆着很大很大的毛主席黑白画像，文革儿觉得这像比平时看见的都严肃。随着哀乐声，人们开始挨个儿到主席像前鞠躬，人群里传出啜泣声。文革儿咧了咧嘴，未哭出来，看见妇女主任鸡啄米似的三鞠躬，文革儿又想笑。

"哎哟，我的毛主席哟，你咋这么早就走喽——"是谁哭得这么响，且"哭哭有词"？奥，是花婶儿！两眼红肿，双手拍着膝哭，劝也劝不住，哭着哭着，哎，背过气去了。掐人中，揉心口，七手八脚，总算缓过来了，还是哭。

花婶儿可真是伤心了，文革儿看了，也掉了泪。

有人在主席像旁摆了十几盆水灵灵鲜艳艳的花儿，说是花婶儿送来的。

花婶儿哭，为了毛主席。

文革儿哭，因为花婶儿。

◀ 范疯子

早上醒来，院外静静的，只有几只鸟在叫。

这让我还不习惯，范疯子呢？

每天早上六点，隔院的范疯子都要大声朗读毛主席语录。每天早上六点，雷打不动。

范疯子的声音好听，属于那种镗音儿。洪亮、质感。

"毛主席教导我们，发展体育运动，增强人民体质。"

"庆子，你去打水啊。"范疯子叫庆子。

他不搭妈妈的话茬儿，"对待同志，要像春天般的温暖……"

"你个疯子！"

范疯子是村革委会委员，工作出色，毛主席语录背得呱呱叫，村里无人能比。

他始终活在文革里，出不来了。

范疯子哪去了？没有范疯子的早晨，还真有些不习惯。

范疯子的妈妈哭得两眼红肿，白发乱飘。

不久，就有了范疯子的消息，那是在一位很有名气的大导演拍的反映文革时代背景的片子里。村里人看见了范疯子！在电影里。

范疯子的大特写，那不是范疯子是谁？！手拿语录本，背得滚瓜烂熟。

范疯子出了名，成了许多电影里的特型演员，完全是本色演出，那范儿，别人还真学不来呢。

◀ 画 匠

"你们拿把刀来，快快杀了我吧！"表叔大喊，在炕上痛苦地滚来滚去。

我看到的，是一个邋遢秃顶的老头子，那个年轻漂亮的表叔呢？

表叔是个画匠，专门画穿衣镜的。那年月，讲究的人家都要买块穿衣镜。实用、亮堂。

光秃秃的一面镜子，总缺点儿啥。于是，人们想到表叔，请来，好酒好烟侍候，给穿衣镜画上花鸟虫鱼。

我亲眼见过表叔作画。那年，我们家也买了几块穿衣镜，请表叔画。炕上摆好饭桌，铺上毯子，拿过镜子，小心地翻转，镜子涂满水银的背面向上。表叔外头构思，一会儿就有了主意，在水银上画出草图，当然是反着的。然后，开始刮图里的水银，细细的水银末被吹散，露出透明的一块。表叔调好颜料，涂上去，晾干，完活儿。翻转镜子，一朵漂亮的牡丹栩栩如生地开在镜子上！绝了！我们看表叔，就像看神人一样。

表弟拿来一小捏烟土，表叔像见了救命稻草，爬起来吞噬。我们看了心中酸酸的。

吃了烟土的表叔，又是好人儿一个，那画画的，还是那么漂亮。

家，被表叔败了。

但表叔抵挡不住烟土的诱惑，他痛苦地抓光了头发。终于有一天，表叔撒手而去。一朵漂亮的牡丹花，已开在穿衣镜上。死去的表叔面色安详，坐着，保持着欣赏自己作品的姿势。桌子上，撒着一包喝用尽的水银……

小时候，我们都看过《一块银元》吧？表叔就给我们讲过。

老 李

那时候，在村里当一个代销点的售货员，就很不简单了，风吹不着、雨淋不着的，安安稳稳地坐在柜台的后面。那时候，来买东西的人不多，油盐酱醋，偶尔扯块布，买块糖的。买货的人陪着小心，看售货人的脸色。

老李就是这样一个售货员，瘦高的个子，白白净净的。对人和气，不像有些售货员，尤其是女售货员，坐那儿打毛衣，带答不理的，像拿他们家的东西。

老李是小李的爸爸，小李是我的好朋友。

小李常带我去他爸爸的代销点玩儿，看着柜台里花花绿绿的糖块，偷偷地咽唾沫。

"孩子，你买点啥啊？"老李笑眯眯地冲我说。我摇摇头，也笑了。老李便对小李说，到外面玩儿去。小李就和我讪讪地走出来，我说："你爸爸真抠门，给一块糖，谁知道？"小李说："那咋行呢？都有数的！"不过，偶尔倒可以捏一粒盐舔舔。那天，小李就捏了一粒盐，塞到我嘴里。嗯，咸，太咸了，我吐了出来。我看见老李看了我们一眼，又把眼光挪开了。

老李看上去是个这么慈祥的人，可他打老婆。我经常去小李家，见过好几次。老李气咻咻地蹲在一边，还满腹委屈的样子，老婆，就是小李的妈，在一旁抹眼泪。小李的妈妈黑黑的，矮矮的。

那天晚上，我和小李，还有七十三。他是他爷爷七十三时生的，所以叫个七十三。很晚了，我们打算去七十三家喝水，走到窗下，就听见有人悄悄地说话，咋这么耳熟呢？是老李！

"桂莲，这糖甜吗？给你拿几块。"桂莲是七十三的妈。

我听见，小李的喘息重了起来。七十三，还傻呵呵地说，你爸爸给我们送糖来了！

◀ 小　火

世上姓啥的都有，你看，还有姓火的！

小火，真是个小伙子，外地一个戏班子的演员，来我们村唱戏。河北梆子，小伙子长得很精神，扮相也好看，又姓了一个怪怪的姓，所以很惹眼。村里大姑娘小媳妇指指点点的，都一眼一眼地瞅小火，"真俊，真俊啊"瞅得小火白净的面皮红了起来。

那时候，外地来唱戏的演员都被分配到村里干部家住。小火被分到了阿莲家，阿莲的爹是队长。得知这个消息，阿莲的心就开始跳了起来，小嘴紧抿着，怕笑出声来。

小火人长得好看，嘴也甜，一口一个大娘大爷地叫，可见了阿莲，就红了脸，嘴就笨了起来。那阿莲，从此有了心事，那眼睛，那心思，都奔着一个人去了。这，大家都看得出来。每天，阿莲都叫妈给小火炒鸡蛋吃，窖里存的好菜，菜一样样炒给小火吃。阿莲还偷偷纳起鞋底儿来，那尺寸，一看就是男人的。爹的，妈已给做了好几双，小弟的脚，可没那么大，你说是谁的？小火这天唱《花为媒》的王俊卿，阿莲就在台下两眼发直，把那个李月娥当成自己，心思，已飞到天外去了……

阿莲的妈也有自己的心思，可暗中打听，小火家穷得叮当响，又那么远，就淡了念想。就这么一个闺女，可不能让她受委屈，不！

阿莲妈铁了心地阻拦，愁坏了阿莲，愁坏了小火。

一天晚上，北山岗上，小火背着包裹，焦急地等着，约好的时间到了，却见阿莲妈铁着脸走了过来："哼！你这是唱的哪一出啊？《私奔》？这是你的铺盖，你走吧！"阿莲妈把一卷铺盖扔在地上，扬长而去。

被锁在家里的阿莲，呜呜地哭……

◀ 灯官儿

灯官，又称四老爷。过去官设七品，可见四老爷比县太爷的权还要大。四老爷查灯又叫"灯官会"，源于宋代，由灯官、灯官娘子、师爷、丫环、乐师及担班、抬杠、打旗等组成。他们随着锣鼓镲的伴奏声踏步扭跳，边走边舞。灯官独坐杆轿，东瞧西望，以示查灯，灯官娘子倒骑驴，手持巨型烟袋，滑稽幽默，妙趣横生。

失传多年的灯官会，今天又兴办起来，但规模和仪式都简单多了，而且灯官也今非往昔。老爷子老太太看后慨叹："现今儿的灯官，哪行？看人家李三那会儿！"

李三何其人也？

李三，响当当顶呱呱一灯官也。

灯官李三，其时正值壮年，身高一米有七，适中身材，面色微黄，唇薄齿白，二目有神，声如珠落玉盘。一袭红袍，头戴纱帽，髯飘胸前，好一个干净利落的四老爷！

关于灯官李三传的说多矣。

据说，两灯会一般是不能相遇一家的。一旦相遇，两个灯官就必须互相问答。如果谁答不上来，那么谁这一年运气则不佳，并牵连他的灯会其他人。

　　这李三一般是不怕遇到灯会的。

　　可是有一年，他却卡了壳了。满面尴尬的李三对站在对面得意洋洋的灯官说："本官有要紧事在身，恕不奉陪，等三天后本官给你答复！"

　　三天之后，那个灯官真的收到一封电报。他还想：这李三，还动了真儿了。匆匆打开电报：

　　"岳父去世，速来！"

　　他傻了眼了！

　　这李三也呆了。

　　"真有这样的事？"

　　这虽不关李三什么事，可他总觉得欠了人家什么。

　　李三从此不再当四老爷了。

◀ 姥　姥

那年的夏天，姥姥刚满十八岁。十八岁的姥姥是全村公认的一朵美丽的花儿。可再美丽的花在那年月也不敢过分显露自己的艳丽。疯狂的日本鬼子不时地闯入民宅肆意骚扰。姑娘在这时能躲就躲，能藏就藏，否则落入狼口就无法清白了。

一天中午，家里人还在山上干活，只有姥姥一人在家做饭。忽听鸡鸣狗吠和鬼子"叽里哇啦"声，姥姥心下一惊：完了，鬼子来了！躲是来不及了。姥姥急中生智，伸手在灶里抓了一把草灰抹在脸上，对进来的一瘦一胖两个鬼子嘻嘻傻笑："太君，吃炒面吧"？瘦的一见马上要走，胖的翻翻小眼睛哈哈一笑说："不要走！这花姑娘是骗我们的干活，这种把戏我见得多了！"两个鬼子马上就要动手动脚，姥姥便软下来说："先别忙啊，让我洗一下好吗？"鬼子松了手。姥姥连忙跑到内屋，边洗脸边想着对付的办法。洗完脸，姥姥顺手拿了把剪刀揣在怀里，姥姥说："两位太君还没吃吧？我炒两小菜，咱们喝几盅可好？"两个鬼子连连点头。菜炒好了，姥姥又端来一壶自酿高粱白坐在两个鬼子中间，左一盅又一盅地劝起来，一会儿的工夫，就把两个家伙灌得酩酊大醉。当两个家伙又要非礼时，姥姥就从怀里抽出剪刀，朝着左右各来一下，便结果了两条狗命！带有腥味的血流了一地。

再后来？再后来的故事说简单也简单，后来敌人进行疯狂的报复，血洗了村庄。姥姥与村里的热血青年成立了游击队，与敌人巧妙地周旋于村前屋后、街头巷尾。再后来，姥姥还被推举为游击队长，她的名字叫敌人闻风丧胆。

◀ 老肖（1）

"老肖。"我敲了敲玻璃，老肖在屋里忙着和面。

老肖个子不高，长得黑，一口黄牙。

"来了。"老肖见到我，把我引进他的宿舍。就一个凳子，我坐在他的床上。老肖找出一个玻璃杯，倒上开水，然后坐在凳子上，就默默地看着你，不吱声了，抽着旱烟。

我和老肖是连襟。

这我都习惯了，我也不爱说话，一对沉默寡言人。在老肖面前，我还是主动找话的人。

"老肖，中午做多少人的饭？"隔壁厨房里传来老宋的问话。老肖承包着乡卫生院食堂，他的伙食没得挑，患者及家属都爱来他来这里打饭买菜吃。没钱可以赊账，老肖不在乎，有时候都忘了谁欠账了，他也不主动去问。老肖是个随意的人。

我从赤峰回来，都要去他那里坐坐，虽然没话，坐坐。然后，老肖就说，水放好了，洗个澡吧。食堂对面就是卫生院疗养所，好几个大热水池子。

老肖爱喝酒，喝了就醉，醉了的老肖就不是我们认识的老肖了。话多了，也爱骂人。你不会想到，老实的老肖酒后还会骂人。有一次，半夜了，电话响了。我一接，老肖，嘴里拌蒜，一听就是多了，"你！瞧不起我！当个记者就牛逼了？！"我乐了："又多了吧？"我妻子就过电话："喝多了猫尿就耍熊！快挺尸去！"我夺过电话："老肖，休息吧。过几天回找你喝酒啊。"

老肖平时老实不说话，喝了酒释放一下也未尝不可。我倒是理解。否则这人还不得憋死？老肖其实是好面子自尊心极强的人。

◀ 老肖（2）

老肖是我的连襟，人老实厚道。

老肖就是个银行，亲戚朋友没钱了，就说，找老肖去！

有一年，我三弟上学需要学费，差 1000 元。父亲犯了愁，妻子说，我找我二姐夫去。

老肖听了，就说，三妹子你就省省吧，你自己的事也就罢了，一个小叔子，你也管，到时候还是你来还钱不是？妻子说，别说那些，你就说借不借吧！不借，我还要买摩托呢。我不管，摩托以后再说，我反正明天早晨来拿钱！妻子撂下这句就走了。

老肖在身后喊，反正不借！哎，听见没？不借昂……

第二天，妻子一大早来到卫生院食堂，老肖在这里承包着这个食堂，生意还不错。隔着门口，妻子喊，姐夫，钱呢！老肖白了小姨子一眼，没说话。"钱呢！？我问你呢！"

"在宿舍靠窗户那个桌子的抽屉里！"老肖埋着头揉面，头也没回。

◀ 老肖（3）

老肖在热水镇卫生院承包食堂，十天半月才回家一次。家在大明。

老肖一回家，老婆孩子就像猫似的。你想不到，老肖还是很大男子主义的，喝了酒，那就更是一脸严肃，动辄就牢骚满腹，甚而骂骂咧咧。孩子们也不入他的眼，哪都不对了。

孩子们对妈妈说，我爸是后爸吗？

妈妈说，他就这个德行！其实，你爸爸还是疼你们的。

是的，老肖就是这样，好处不表现在表面上。做好事不声张，喝了酒倒是爱说了，但又是口无遮拦，不过这些醉话骨子里还是好心善意的。有一次酒后打电话，妻子接的，他张口就说"你还活着呢？"说完大笑。我能想到他那得意的样子。还有一次，二姐帮邻居干活摔坏了胳膊。他打电话说："你咋没摔死呢！"气得二姐扔掉电话！过会儿又打来："真的，到底摔啥样啊？不行来卫生院看看。"

二姑娘上学，他送。从始至终板着脸，回来，却哭了。想他姑娘。还说，手里没钱，也没给丫头多撂下点儿，心里这个不是滋味啊……

老肖去世后，二姐在柜子里翻出几张发票和单据，是给儿子上的保险，这个大家都不知道。二姐看了，哭道，这个老肖，你们看看，这个该死的……

想起他的好，大家都掉下眼泪……

◀ 老肖（4）

老肖病了，而且是不治之症！肝癌晚期！

我们瞒着他，二姐是个家庭妇女，家里家外大事几乎都是老肖出面。但老肖病了，二姐也坚强起来，里外也都拿得起来放得下了。她说，你二姐夫整天说我二五眼，这回也得服我啦！老肖听了勉力一笑。这时病老肖很严重了，躺在220医院放射科病房里。

我现在想，老肖肯定知道自己得的不是好病，住的病房都是肿瘤科放射科的，咋能不知道？他是不愿意知道或者说故意不知道罢了。他不想走，他留恋这个世界啊。他说，我这个就是结节，没事。

老肖是个刚强好面子有强烈自尊的人，病成这样，也不愿多麻烦别人。我们去医院看他，他强忍着坐起来，和我们说话。二姐说，你们一走他就躺下了，疼得咬牙。

那年是在220医院过的正月十五。我们去看他，他还不忘叮嘱二姐给我们孩子压岁钱。半夜里，医院的上空烟火四起，老肖忽然呼吸困难,不停地打嗝,二姐急得不知咋办,想给我们打电话,老肖阻止了她,大过节的,别折腾他们。

出院回家,就是几天的事了,在家里安静地走吧。那天,老肖呼吸急促,二姐说,去医院吧!老肖摇摇头,一把撤掉了呼吸机管儿,去了!

老肖的几个忌日天都不好,尤其是三周年,春天了,大雪纷飞,夹杂着冷风冷雨,坟地里齐膝深的雪,抬着纸曹,如爬雪山过草地。我参加的祭奠不少,这样的艰难困苦没遇到过。那天参加的亲人不少,二姐说,就在村头祭奠下算了。大家不干,硬是到了坟上!老肖是个好人,大家知道,所以要认真对待他!

◀ 吕瞎子

　　带有硫磺味道的热气氤氲着大众池子窄小的房间，吕瞎子熟练地下水摸到木塞，把脏水放掉充好新水，是他每天要做的工作。

　　二十年了。

　　这几天，吕瞎子做事儿有些心不在焉，总是丢三落四。

　　吕瞎子不相信，关于孙女那些传言是真的。不可能！

　　可是，吕瞎子却难以集中精力干活了。

　　十三年前，吕瞎子就带着孙女一起看管大众池子。孙女的快乐感染着他，吕瞎子看不到世界是啥样子的，但吕瞎子有可爱的孙女，这就够了。

　　可是，不知哪天开始，孙女少了笑声，常常坐在一边发呆。终于，孙女说："爷爷，整天干这个，挣不到几个钱，还那么脏，别干了。我要去打工，寄钱给你花。"

　　吕瞎子拗不过孙女，在一个早晨，孙女走了。

　　不久，吕瞎子就接到孙女回来的很多钱，就有人说，老吕，知道你孙女干啥工作不？说着，那人就笑了。

吕瞎子知道那人啥意思，他的脸涨得通红："你别瞎说！我孙女不是那样的！"

新鲜的热水都漫上池子沿儿，吕瞎子还在愣神儿。昨天那个消息让他彻夜难眠，孙女在外面扯进一桩贩毒官司，被人暗杀啦！

咋可能啊？咋可能啊？吕瞎子浑浊的、凹陷的眼睛，流出大滴的泪来。

第二天，洗澡的人们发现，他们熟悉的吕瞎子，泡在池子里。手里还拿着一张发黄破损的照片，那是他和年幼的孙女，在一片向日葵地里照的，孙女的笑，可真是灿烂……

◀ 怪人老吕

老吕过去给人看汤池子，这些年年岁大了，就赋闲在家，养养鸟，听听戏，活得很滋润。

可老吕爱管闲事儿，这叫人不明白。这个岁数了，多一事不如少一事啊。可老吕不管这些，他管闲事，管得"离谱"，所以大家就叫他"怪人"。

咋离谱？我给你说两件事儿。

我和老吕一个小区，小区里的草坪安有水龙头，为的是浇水方便。可是，一些爱占小便宜的居民总是到这些水龙头接水，洗车，洗菜，有时还不关水龙头，弄得水哪都是，浪费很厉害。老吕看了后很是来气，找了物业几次，物业都以各种理由推脱不管。老吕气不过，就气倔掘地自己跑到总阀门井那儿，掀开盖子，下到井里，把阀门给封死了！

还有一次，社区里贴出通知，说是几个小区里的草坪和果树撒了农药，叫大家小心，不要挖野菜和摘果子。

第四辑　故乡人物．

老吕急了："不叫吃果子，不叫挖野菜，留着喂鸟喂猪？这也行，怕祸害树木花草，可是，你们通知小鸟了吗？小鸟吃了咋办？你们的通知小鸟能看懂吗？"

老吕把这个意见反映到居委会，居委会的人愣住了，还真没想到这一层儿，过了会儿又笑了："这老吕，还真是个怪人！

◀ 文 丰

那个男人进屋时，我正在整理行李，回老家仨周了，该回去上班了。

"你不认识了吗？这是文丰啊。"母亲拉过那个男人来对我说。

文丰？就是那个儿时的伙伴文丰啊？也是，有二十来年没见了吧？

岁月的刀痕狠狠地刻在他的脸上，已没有了儿时的影子。可是，那双眼睛，还依稀可见儿时忧郁的影子。

"还读书吗？"我问。

他愣了一下，仿佛在梦中初醒，继而摇了摇头。

二十年的距离让我们尴尬，都努力找着话题，可是都是徒劳。

文丰走后，母亲说，可怜的人儿，学习那么好，没考上学。这些年打工身子单薄，哪是干活的料啊？日子就过得紧张呢。那么喜欢看书的孩子，让苦日子折磨得散了架了，人也矮下去了，偏偏又说了个恶妇，日子过得乱七八糟的呢。

又过了两年，因母亲生病，我又连夜赶了回来，好在母亲挺了过来闲唠时，又说到了文丰"你还不知道，文丰死了！"

我心里一惊。

这个人啊，越蔫吧越老有主意，谁想到呢？媳妇有了外遇他就赶走了媳妇。自己关在屋里，咬着雷管把自己炸死了，可怜见儿的……

我无语，想象着他死时的样子，有些心颤，望向窗外，已是黄昏，晚霞火红，已是初春季节了，天越来越暖和了。

◀ 老 孙

我们村老孙，是个精明人儿，会过日子，会算到骨子里。

这是一种说法，还有种说法是，老孙忒抠唆了，各啬到家了！

哪种说法更准确？不好说。

我说几个故事吧。

有一次，冬天，老孙去姑姑家，我也同路。半道上，老孙说，你想大便不？我想拉屎去。让他一说，还真有了便意，于是同到路边的树林里方便。完了事儿，老孙掰下两根树杈，一个屎堆插一个。我说，干嘛？老孙冲我眨眨眼，有用。

回来时，老孙一手抓一个木棍，把那两坨屎带回家，扔到猪圈去了。人屎，好肥料呢。

有一次，有个邻居，老王，到老孙家还针。那时候穷啊老王老婆做针线活，针折了。家里就一根针，用了八年了，可巧就断了，老婆让老王去老孙家借。老孙老伴儿早就去世了，留下一个姑娘。

老王来的时候天都擦黑儿了。老王进了屋，老孙正和姑娘吃饭。老王就嘟囔，你个吝啬鬼，天都黑了，还不点灯？

老孙说，吃个饭能吃到鼻子眼儿去？点灯费油！

老王把针递给老孙，还给你针，你们吃吧，我走了。

老孙拿过针摸了下，喊住老王，哎哎你别走，你咋把个坏针还给我！？

老王不情愿地转回身，咋就坏了？好的呀。

你能骗过我？奥，你以为天黑就想蒙我？不看看我是谁？哼！一下子就摸出来了，针鼻儿豁啦！

老王耷拉下脑袋，这个老孙！真他妈精明！

◀ 铁公鸡老厚

老厚是村里有名的铁公鸡，到处占便宜，别人从他身上是一滴油水也别想得到的。

这天，老厚从澡堂子出来，就见门口边上那个算卦的老陈不在了，是个小年轻的在那儿，勾着头看书。老厚瞅瞅，是一本卦书。你，算卦？老厚问。算啊，不算在这坐着干嘛。还挺横，老厚想。老厚每次泡澡出来都找老陈算算，算完了从不给钱，乡里乡亲的，老陈也是干瞪眼。

不认识这个小年轻的，老厚这段时间遇到不少烦心事，本想算算，但又舍不得钱儿，想走开了，即听身后小年轻的说，老爷子，不算算吗？不算可后悔昂。老厚回过头来，你咋说话呢！小孩子，后啥悔啊我。你印堂发暗，必有灾祸啊，不破绽吗？这孩子！我哪里来的灾儿啊我。老厚这样说，心里却犯了嘀咕，算算吧，也许能免灾呢。

小青年给老厚细细地算了一卦，进行了破绽。完了，小青年伸出手指头，八十。

这么多？小青年也不说话，继续举着手指头。

老厚咬咬牙，不情愿地掏出八十元。

小青年回到家，老陈正等着呢，见到了？见到了，给，八十！老陈乐了，让你这个铁公鸡一毛不拔！

小青年是老陈的外甥，前天临时跟舅舅学了几招。

◀ "老天爷"外传

"老天爷"当然不叫"老天爷"，他叫张保国。

"老天爷"咋来的呢？不太清楚。有人说，他长得黑，威严，处理事上不近人情，有时到了让人惊呼"老天爷"的地步，于是就叫他"老天爷"了。是不是呢？不好说。

"老天爷"现在是我们学校的后勤，主管学生宿舍。其实，他早年是教学的，教物理，还教英语。据说是犯了事儿才被"发配"到后勤的。具体啥事不得而知。

"老天爷"故事多矣。

据说"老天爷"家里穷得叮当响，好不容易说个媳妇，办不起婚礼，就说旅行结婚吧。到哪里旅行呢？"老天爷"说，咱们去市里转转吧，有好几个公园呢。媳妇也是穷人家的孩子，没去过市里，就说，行啊。找了个破马车，那年月没出租没长途车。车到半路，坏了，"老天爷"对媳妇说，咱们就在这山沟里转转呗，这不是旅游了么？媳妇笑了，觉得丈夫很幽默。

"老天爷"是个天才，没上过几天学，靠自学把物理弄了个精通无比，还自学英语，竟然比大学生还厉害！学校没有像样的英语老师，就雇用了他。顺便也教物理。

　　有人说，"老天爷"上课都是让学生站着听课。校长不信，这老天爷疯了？校长亲自去听课。我倒要看看，这家伙是咋样让学生都站着听课的！

　　"老天爷"开始上课了，他提出一个问题，说，答不出就站着。结果一班的学生，没一个会的，于是都站着听课！

　　校长仔细分析，觉得"老天爷"这个问题有毛病。就对"老天爷"说了，"老天爷"就说，对啊，我这个问题就是有毛病，可是学生没一个说的啊！

　　这个"老天爷"！

◀ 辛 起

辛起死了。

这是个新闻，起码在我们镇上。市里县里都有记者来采访。

因为辛起是我们镇活得最长的人，108岁！

我知道辛起的情况，我陪同记者下去采访。

辛起住在深山里，他最后死在深山里，过了好几天才被人发现。发现者是他的孙子，孙子去给爷爷送盐，发现爷爷死了。

辛起在深山里给儿子看管鸡场。

辛起在家时，儿媳看他哪里都不顺眼，磕磕绊绊十多年。儿子后来在深山里开了个养鸡场，儿子说，爸，反正你和九华也闹不上来，你就去看鸡场吧。于是，儿子就把老爷子送到深山里。

那年，老爷子已经九十三了。

一开始不习惯，深山里太寂寞了！连个动静都没有，老爷子每天就盼着有个人到山里来，哪怕就是路过，让他看看还有个人儿影儿，他都高兴一整天呢。

整天闷声劳动，接触不到人，老爷子连话几乎都不会说了。

不过后来，老爷子也习惯了，看着鸡们漫山撒欢儿，真的是渴了喝泉水儿，饿了吃蚂蚱。鸡们一茬茬地更新换代生气勃勃，老爷子看着也高兴。老爷子能吃到笨鸡蛋，喝山泉水，身子反而越来越硬朗！

倒是他的儿子，卖了鸡就花天酒地，几年工夫，弄了个酒精肝加糖尿病，五年工夫，撒手而去！才活了五十不到！

采访完了，老崔问我，你说，我这新闻咋写呢？

老崔是市里电视台记者，我的老同学。

我也犯难，是啊，这新闻咋写呢？

◀ 傅老师

　　傅老师是我高中一年级时的班主任。当时也就二十几岁吧，刚从学校毕业一两年。高高的个子，留着背头，头发黑黝黝的。走路有特色，似乎只有脚尖着地，从远处看去，似乎是一颠一颠的，充满着朝气。

　　那时，学生都住宿，学校条件简陋，五六个人住一个大通铺，木板子铺床，生着炉子。宿舍里，老侯最爱讲鬼故事，常常熄灯了，还讲，弄得大家睡不着，可是又都愿意听。傅老师听说了，说，那么好听吗？晚上我也去听听！我们都害怕老师训我们，以为这是他反着说呢。结果，晚上傅老师真来了，让老侯讲，讲了好几个，傅老师说，这也没啥可怕的啊，睡觉！他说完，一颠一颠地走了，半夜了，月亮高高地挂在天上，他一点也不害怕。

　　有一次，大家说，请傅老师吃饭，傅老师答应了。在学校不远处的桥东饭店。几箱子啤酒，外加两瓶白酒，都是小伙子，你想吧，一会儿就造下去了！这中间，大家一使眼色，陆续地要求上厕所。不一会儿，都走光了，就剩下傅老师，他也喝多了，趴在桌子上。服务员过来结账，傅老师说，我的学生请我，你，你找他们！服务员笑了，老师，你的学生早都走了，我找谁去？傅老师才明白过来：这帮臭小子！多少钱？ 50，还有2块钱的鸡蛋钱。鸡蛋？你的学生每人出去都拿了个鸡蛋，说是账算在饭钱里。

这帮臭小子！看我回去咋收拾你们！

第二天，大家上课，都小心翼翼，偷看傅老师眼色。可是，傅老师像没事似的，平静地讲课。下了课，说，还是老地方，我请客！

我们和傅老师处得像哥们，我们班成绩也最优秀。

◀ "大回炉" 小传

一

爷爷是个剃头匠，村子里老少爷们几乎都找爷爷剃头。

这一天，云海来了，爷爷赶忙下地接应：稀客啊，没想到你来，剃头？

剃头啊，咋地？不行啊。怕我不给钱啊？

哪里啊，请还请不到呢。

云海是我们这里方圆几里都闻名的小偷。

我们这里的孩子都怕他，不是因为他是小偷，是因为那双眼睛，咋形容呢？贼亮！对，就是这个词。这样的眼睛，不多见，那格亮，吓人，阴鸷，像从地狱里来的眼光。看了一眼，害怕半年。

据说，云海是个偷盗高手，身轻如燕，健步如飞，从来没有空手回来的时候。

爷爷边剃头边说，云海，你也不容易，我免费给你剃头，但是老弟你可别祸害我昂。

看大哥说的，偷谁也不能偷老哥你啊。再说了，我云海，都是偷大户，尤其是那些贪官家。良善人家，你看我动过吗？

那倒是那倒是。爷爷说完，笑了。

年底了，腊月二十三，小年，傍黑天，就听院子里有东西落地的声音。爷爷出来一看，一只绑着双脚的大公鸡在院子里扑腾呢。就听墙外传来一句：大哥，要过年了，给您一只鸡炖炖吃吧。

是云海。

二

"大回炉"真名云海。

云海是我们村的小偷，方圆几里知名。身手矫健，健步如飞，飞檐走壁，可比时迁儿。

云海基本不偷本村，偷外地，也基本是大门大户。

云海技高人胆大，几乎从不失手。

可是，有一年冬天，他还是出事了。

那天傍晚，他去偷羊。羊这东西邪乎，你抓它它不叫，好偷。云海抓住一只大个的，扛起来就跑。谁想到，这只羊咩咩叫了起来！这家人闻声赶来，举着火把在后面追。

云海扛着羊，跑到南山坡上，天已经黑了。按说，这条路他是熟悉的。可是，后面赶来的人呼叫声，火把形成一片火的海洋，几乎全村人出动了。云海还是有些心虚，他迷了路，眼看就要被追上了。慌乱中，他竟然一头栽到山沟里去了！羊重重地砸在左腿上，他感到钻心的疼！似乎听到一声脆响，完啦！他知道，这条腿断了！

追赶的人抢回了羊，又毒打了他一顿，就一哄而散了，说，寒冬腊月的，一个断了腿的小偷，不用管他，也不经官了。冻死在这里算了！

云海还是咬了牙爬了回去！这中间的艰难，无法想象。

从此，云海成了残废。人们背地里说，这家伙"回了炉"了！

"大回炉"从此得名。

自此，大人吓唬孩子就说，再闹，再闹"大回炉"来了！

三

神偷云海一次大意失手，摔断了腿，被称为"大回炉"。

日子更难了，"大回炉"只能饥不择食地重操旧业。

一次，母亲去端小棚上晒的一簸箕玉米，使了很大劲儿，结果差点闪着腰，簸箕里空空如也。

大致能猜到是谁。

母亲说，这个云海，啥都偷啊，谁都偷啊。也难为他了，一个瘸子，咋上来的呢？

父亲说，别说了，他也不容易。一家子老的老小的小，指着他呢。再说，咱们还有亲戚。

云海是惯偷，但他还要强，不乞讨，不要人家送上门来的东西。

父亲对母亲说，再把玉米放到小棚上去。

结果第二天早晨一看，又没了。

接连放了三次，都是一个结果，被拿走了。

第四天，早晨，母亲说，这次没拿。还留了个纸条，写这两歪歪扭扭大字：谢谢。

"大回炉"大丫头年小学二年级呢。多年后她说，那是她爸让她写的。

"大回炉"去世多年了，他的儿女们都很争气，活得都很好。

有一年，几个孩子拿着很贵重的礼物来看我父母，说，不是你们这些好人帮助，我们早饿死了。

第五辑 红色闪小说

◀ 微　光

　　女人坐在灶前拉着风匣，灶膛里的微光映在女人的脸上，让女人的脸更显红润。

　　天傍黑时，来了三个男人，说是河北来的生意人。丈夫任中善说，我的老家是沧州的，老乡啊。吩咐女人去做饭。

　　在厨房做着饭，心里纳闷，咋就忽然来了这几个生意人？模糊听到他们打听杨秀章，打听他干啥？女人边想边做饭，不一会儿工夫，女人就把饭做好了，四个素菜，小米干饭，大葱蘸酱。几个男人要给钱，女人说啥也不要。他们说，我们买卖人常年在外，走到哪里吃到哪里，你不收，以后我们没法来了。

　　从这以后，丈夫跟着几个人经常在里屋商量事情，行动诡秘。

　　女人问丈夫，丈夫说，这是秘密，别打听。

　　女人想，丈夫为人厚道，不会干傻事的。看那几个男人，也不像是不靠谱的人。

　　这天晚上，丈夫神秘地对女人说，快把门房收拾干净，准备两盏煤油灯。女人问，干啥？丈夫说，以后你就知道了，现在必须保密，老婆你相信我，我们在做为百姓过好日子的大事！

女人心里咚咚地跳起来，丈夫没再说，她也不便问，赶紧收拾去了。

掌灯时分，那几个男人和本村的杨秀章、金善宝来了。那个干部摸样的男人从包里取出一面红色的旗子，在几个人的帮助下挂到墙上，那鲜红的底色，一把镰刀一把锤头的黄色徽记，使屋子顿时增添了庄重的气氛。丈夫把擦得铮亮的两盏煤油灯小心翼翼地点燃，煤油灯瞬时发出微光，越来越明亮了。三个本村的男人，面对着旗子，跟着那个干部样的男人宣誓！

女人不知道，就是这天，就是现在，就是这里，一件永载史册的事情诞生：峰水山党支部——宁城县第一个党支部，成立啦！

（注：峰水山党支部是宁城县在抗日战争的烈火中诞生的第一个党支部。支部书记：杨秀章。委员：任中善，金宝善。）

◀ 做军鞋

任中善晚上躺在炕上，愁眉不展。媳妇张秀英说，咋了？任中善说，高桥他们三区队目前处境非常困难，缺吃少穿，在大山里坚持同日伪军作战。战士们整天钻山沟，鞋都磨破了，脚都冻坏了，听了后很心疼，咋办呢？我琢磨着咋给他们做一批鞋子呢。

张秀英一拍大腿：这有啥难的！我找咱们村里老娘们做呗！咱们村好几个做鞋能手呢。就是有一样，没鞋料啊。任中善说，这个你不用操心，我们现在有小城子战斗时缴获的布，再用布换些线麻，就行了。

第二天一大早，张秀英简单梳洗一下就出了门，半天工夫，就组织起三个组一共三十人，开始你追我赶地做起鞋来。张秀英说，我们来个做鞋比赛吧，看哪个组做得快做得好！

有一个女人说，我们在家做鞋都是比着老爷们的脚做，咱们做这么多鞋，咋也不能一样大啊。

张秀英想了一下，说，我们三个组，每个组只做一个尺码的，三个组就有三个尺码，做一个尺码的鞋用多少布料多少线麻，是固定的，就知道做 100 双鞋用多少布料线麻了。老爷们的脚差不多都是一尺、一尺一、一尺二这三个尺码，我们每个组做一个尺码，就能保证八路军穿着合脚。

任中善拍着巴掌说，这老娘们，还真行！

大家都乐了。

不分昼夜你追我赶，15 天，300 双军鞋做好了！峰水山党支部还评选出张秀英等五个女人，为做军鞋能手。过了几天，三区队队长高桥还写来了感谢信！高桥在信中说：这批军鞋是雪中送碳，会激励我们奋勇杀敌，与日寇血战到底。

女人们听了后，心里暖暖的，像被暖暖的阳光照耀着。

◀ 棉袍子

三区队战士小郝，今年只有十八岁，老家冀东的，跟随高桥大队来到承平宁地区抗战。小伙子浓眉大眼，长得精神。峰水山党支部动员妇女们做军鞋，鞋做好了，小郝来取。

进了支部专门为战士挖的窑洞，就见好几个女人在整理鞋子。小郝一眼就看见小翠，她是村里做鞋能手，梳着黝黑长长的大辫子，眉眼清秀。

"我来取鞋子啦……"，小郝大声喊道。

妇女们把鞋早就打成包，交给小翠，轻轻一推，快去，给他拿过去吧。说完，女人们抿嘴笑了。

小翠脸红红的，抱着鞋子，低着头，递给小郝。小郝脸也红了，小声说，谢谢。

小翠扭头跑回女人这边，女人们打趣道，哟，就谢小翠啊，也不谢谢我们？小郝脸更红了：不是不是，我就是要谢谢你们啊。说完转身跑了。女人们笑得更厉害了。

小翠心细，她看到小郝穿着她专门给他做的鞋子。

军鞋做完了，还剩下点布，张秀英对支部书记杨秀章说，要不做几件棉袍子吧，给武工队的穿。杨秀章说，好啊。你们做吧。张秀英和温德奎儿媳妇的剪裁技术远近闻名，几天工夫就做好了。

这天，小郝来取棉袍子。女人们说，小郝，你来试试。小郝穿棉袍子，又合身又暖和，直夸女人们活计好。张绣英说，小郝穿上这袍子，就和新郎官一样呢。就是不知道谁有福当你的新娘子。说完就瞅小翠，大家都笑了。小翠和小郝都红了脸。小郝赶紧脱下棉袍子说，我可舍不得穿，留给武工队王队长他们吧。

过了几天，小郝兴奋地告诉张秀英他们，你们的棉袍可立了大功了！承平宁抗日根据地最高领导黄云等开会时被包围，换成你们做的棉袍子成功转移的。

不久，小郝在战斗中牺牲，小翠哭了好几天。她给小郝做了一件棉袍，小郝穿着入了土……

◀ 黎明之前

"还没睡着？"还不到夜里十二点，女人听见丈夫翻来覆去的。

"睡不着。"杨秀章干脆披衣坐起来，卷了一支旱烟抽起来。

"再休息一会儿吧，割了一天谷子，晾晒一天，也够累的。"女人说。

"炒米的事儿你都安排好了？早晨五点队伍就开拔了，得提前给他们准备好。"

"知道，放心吧。我们以前没炒过这个。我找了娜仁，她是蒙古族，会干这个。唉，要是武工队不走多好，这回回冀东，不知道啥时回来……"

"很快就会回来的，这次是战略转移。粮食袋子都准备好了么？保证每个战士都有一个炒米袋子。"

"嗯，都有了。金善宝家的说，她家种了点儿芝麻，炒米时放了点进去，好吃。我们把咸盐压成面放到炒米里，就当有咸菜了。"

"你想得挺周到，对，战士们不容易，咱们这里到冀东根据地路途遥远，途中还要经过日伪的多道封锁线和无人区，还会遭到日伪军和讨伐队的围追堵截，不容易啊，我们必须给他们准备好吃的。"

"是啊，希望他们安全到达冀东根据地。秀章，你听听，鸡叫头遍了。我们定好鸡叫头遍就去任家炒米，太早了怕引起敌人的注意。我起来了。你再躺会儿吧。"

"我也睡不着，去帮帮忙。我们党支部的党员咋能干待着呢？"

外面黑乎乎的，两口子深一脚浅一脚地来到了支部委员任中善家。呵，原来大家早就到了，正在热火朝天地忙碌呢！人们低低地说着话，刷刷的炒米声，满屋的炒米香味，都散发到院子里去了。

◀ 三块银元

凌晨四点多的峰水山，秋风飒飒，松涛阵阵。

武工队员排列整齐，每个人的肩上，都有一袋子香喷喷的炒米。

四周围满了送行的乡亲们，每个人的脸上都是满满的不舍。

武工队队长王振东喊道：我们全体队员，向峰水山老百姓，向峰水山党支部和三位党员致以庄严的军礼！我们永远不会忘记峰水山的父老乡亲们，谢谢你们对我们的大力支持！

支部书记杨秀章激动地说，我们要谢谢你们！你们来这里开辟根据地，斗争在最艰苦的地方，忍受着常人难以忍受的恶劣环境坚持战斗，为我们老百姓未来过上幸福生活付出艰苦的努力！我们盼望你们再次归来，也盼望你们平平安安地到达冀东根据地，开创未来！我们都想相信，胜利的日子一定会到来！小鬼子末日就要到来了！

杨秀章说完，从怀里掏出一个红布包，打开，取出三块银元，交到组织干事王永手中，说，我和支部其他两位党员商量了一下，我们三个入党就快一年整了，我们把党费换成了银元，因为到了口里满洲币就不能用了。这三块银元，请王书记手下。

王永接过这三块还保存着体温的银元，说，你们的党费我代表工委收下了，你们对党的忠诚我们也收下了。说完，他与三位党员紧紧地握手拥抱。

"全体队员，立正！向右转，齐步走！"王振东队长一声令下，武工队战士开拔了！向着冀东方向前进！

三位党员和群众，恋恋不舍地向战士挥手告别。

天边，刚刚露出鱼肚白……

黎明来了。

◀ 忠　诚
·····················

　　春天的阳光暖暖地照在峰水山北坡上，杨秀章静静地坐着，抽着旱烟。他望着渐渐苏醒的大地，想起当年烽火岁月，百感交集。想起组织关系一直找不到，虽说是特殊年代、特殊情况造成的，可以理解，但杨秀章还是有些郁闷。

　　"老杨，快回家去！有人找你！"山下有人喊他。

　　杨秀章推开大门，见到这个找他的人，呆住了！

　　"还认识我不？"来人微微笑着问。七十来岁的年纪，满头白发，在阳光下闪着光。

　　杨秀章仔细地看着来人：振东？

　　"对啊，我就是王振东！"

　　"振东！"杨秀章大喊一声，猛地扑到来人怀里，放声大哭！

　　自从1945年马站城子战斗后，两人再也没有见过面，35年了！

　　"这些年，你们好吗？"王振东问。

"好，好。就是……"

"我知道，你受委屈了。"王振东是从国家化工部退下来的干部。他对陪同前来的县、公社、大队领导讲述了他当年带领武工队于1943年10月至1944年10月坚持以峰水山为中心，在宁城中、东部地区开展抗日斗争的历程，讲述了发现、培养、介绍杨秀章、任中善、金宝善三人入党和建立宁城第一支党支部的经过。杨秀章听着，眼泪又流下来，他也向在场的领导讲述了多年寻找组织关系的事。在场领导都表示，一定帮助老杨确定组织关系。他们问老杨，你有啥要求尽管提，你们这样的老革命、老党员，我们一定照顾好。

老杨说，我没啥要求，就想能不能为没有通电的五队和八队通上电，大队小学危房进行改造，这两件事解决了就好了。老杨说完，拿出21元钱，说，这是我1946年以来35年的党费，请组织收下。

◀ 少年英雄丙丁火

回（一）

这是我的老家吗？应该是这里，那桑树还在，虽然长得又粗又高，但还是能认出来。那时候，和哥哥可是没少爬这棵树摘桑葚儿。

在树下那个那个少妇是谁？抱着一个婴儿。这让我想起嫂子和三个小侄子，想起爹娘，他们都惨遭敌人的毒手！一股怒气再次涌上心头！由于汉奸告密，日伪警察讨伐队来到我们巩家，残忍地杀害了秘密为承平宁游击队伤员疗伤的爹爹，杀害了娘和嫂子以及三个孩子！其中，最小的侄儿还是没出满月的孩子！我日你先人！小鬼子！

我至今都后悔那天和哥哥去深山挖草药，没能和鬼子血战，保护家人！

值得告慰的是，后来游击队为我们报了仇！我和哥哥都参加了抗日游击队，在队长赵洪武带领下，参加了很多次战斗，打击了日伪警察的嚣张气焰！哥哥在一次战斗中光荣牺牲了……

我擦干眼泪，掩埋了哥哥，继续跟敌人战斗，不把日本鬼子赶出去，消灭光，决不罢休！

哦，这是蚂蚁山烈士陵园啊？还为我们雕了像。那个是我吗？把我弄得那么好看啊，唉，可惜那时穷，也没有照过相，不过大体还是挺像的。啊，那是我们队长赵洪武！赵队长……我真想你了，我最佩服你，是条真汉子！在大双庙龙潭沟与日伪军作战时，我们打光了子弹，大部分牺牲，我们十八人被包围。"投降？没门！要杀要剐痛快点！再过三十年老子又是一条好汉！继续和你们整！"赵队长，你这句话真爷们！我也学你的样，我也不怕死！

哎呀，这么多人来祭奠，谢谢你们，还记得我。那个永远的16岁少年，丙丁火。

参军（二）

天还没亮，巩家哥俩就被老爹喊起来。书元，书安，狼毒苦参和细辛没了，等着用，你们趁早去采回来些吧。

哥俩赶紧起床，揉了揉眼睛，打了个哈气。虽说没睡够，但也没怨气，为了救治游击队伤员，他们愿意。

"就去后山的百草坡吧，那里虽然山陡路远，但是药材多，长得好。你们俩也都去过，知道路咋走。"

"爹，咋这么着急啊，也不让我们多睡会儿。"书安边穿着打了补丁的小白褂，边冲哥哥眨了眨眼。

"小孩子家别多问，以后你就知道了。"

哥俩拿起镐头，背上筐子出发了。娘从身后追过来，把一包热乎乎的玉米饼子放到筐子里：早去早回，可别贪玩误了事啊。

哥俩快步向深山走去，心里暗笑，爹爹还保密呢，其实早就知道了。

太阳马上要落山了，哥俩正准备背上满满的草药下山，就听山下有人喊：书元，书安——你们在哪里？

哥俩见到两个陌生人，说是武工队队长周治国派来的，周队长？哥俩听爹爹提起过。来人说，你们俩听了别着急，你们的一家人，今天早晨被日伪特高队杀害了！

哥哥一听，一下子昏了过去！书安一阵眩晕，稳住神，赶紧叫醒哥哥，俩人放声大哭！

"狗日的敌人！爹妈，我们要给你们报仇！"哥俩疯狂地向山下跑去！来人赶紧拦住他们：你们不能回家，敌人还在那里等着你们，要一网打尽！周队长交代我们，把你们带回武工队。

哥俩强忍悲痛，跟随来人到了武工队。他们向周队长说，我们要加入队伍！

从此，化名为丙丁雷和丙丁火的兄弟俩，成为赵洪武游击队勇敢的战士！活跃在宁城大地，奉献了自己的青春！

归队（三）

换上农家小孩破烂的便装，丙丁火又悄悄地来到平泉城。平泉城不大，几家店铺卖啥，丙丁火都熟悉。七八岁的时候，他们就跟着爹来药铺抓过药。爹是老中医，和他们经常来往，卖给过他们在百草坡挖来的草药。

由于汉奸出卖，爹、娘、嫂子和三个侄子都被日伪警察讨伐队杀害了！他和哥哥在山上挖药材，才得以逃脱。然后，他们参加了赵洪武的游击队。

有一天，赵洪武队长说，丙丁火，你也懂药，年龄小，机灵，敌人不会注意你，你就负责到平泉城买药吧。

丙丁火很高兴，能进县城看看，还能为游击队伤员买药治病，好差事啊。

今天城里咋这么肃静？买上药，正在街上走，对面过来一个人，见到丙丁火见问，你，今天夏队长来城里检查，不许在大街上随意走动！不知道吗？夏队长叫夏九峰，日伪喀喇沁中旗特高队队长，那次就是他带人杀害了巩家一大家子！丙丁火咋能不知道这个人！？心里冒着火，但表面不能流露出来，丙丁火说，我家里有病人，急着用药呢。

这个人见丙丁火长得灵头虎眼，说话脆生利索，就想，特高队指导官稻田秋佐一个亲戚家曾经说让帮助找一个打杂的，我看这个孩子不错。于是他说，你跟我走！

丙丁火成了这个日本人家里打杂的。丙丁火很着急，想到赵队长说"遇事不能急,要冷静想出万全之策",丙丁火就开始暗中想着对策,找机会跑。

有一天,这家的女主人出门看朋友。丙丁火心想,机会来了!他急忙装扮一番,想起男主人放在床头裤子底下那把马三八枪,他也取了出来藏在怀里。

丙丁火回到了游击队!

就义(四)

在宁城八里罕河南一处叫"棺材沟"的山坡上,四周是紧握拳头怒目而视的群众,中央,一字排列着18位游击队队员!

1944年4月25日,赵洪武游击队在宁城大双庙一带与日伪军作战,终因寡不敌众,游击队子弹全部打光,一部分人壮烈牺牲,包括赵洪武在内的18人受伤被俘。敌人用汽车把他们拉到八里罕"棺材沟",威逼利诱,严刑酷打,十八个人宁死不屈。

16岁的丙丁火,怒火满腔!敌人曾残忍地杀害了他的爹娘嫂子侄子一家六口!这样的血泪仇,怎能不报?!参加游击队,是他和哥哥丙丁雷坚决的选择!狗日的日本鬼子,狗汉奸们,你们就是秋后的蚂蚱,看你们还能蹦跶几天!

"赵队长,投降吧,留你一条狗命!"日伪喀喇沁中旗特高队队长夏九峰冷笑着对赵洪武队长说。

"呸!我日你八辈祖宗!你个日本鬼子的走狗!要杀要剐痛快点儿!再过三十年,老子又是一条好汉!还和你们整!"赵洪武回应道。

丙丁火直视着赵队长，那是敬佩的目光，丙丁火最佩服的就是赵队长，铁骨铮铮的汉子，拉起队伍一直和敌人斗争的赵队长，敢于单枪匹马给敌人下战书的赵队长！

赵队长把脸转向丙丁火：孩子，你怕吗？

"不怕！"丙丁火坚决地说。

"好样的！有种！"赵队长投来赞许的目光。

敌人一枪刺死赵队长！紧接着就把刺刀对丙丁火。"你的，小孩子的，死了可惜，投降的，皇军的优待！

"去你妈的！你们杀了我全家，让我投降，没门！我岁数小，'脱成'更快，十几年后就这么大，还和你们干！"

年龄最小的丙丁火壮烈牺牲！

◀ 独立树

"就是这里！没错！看，那棵独立树！"

当老军人、原辽宁省丹东军分区副司令员董国政来到山头乡胡营子村口，看到村前山顶那棵高大的枫树时，激动地一拍大腿！

老军人在别人的搀扶下，来到那颗历经风雨沧桑的大枫树下，抚摸着粗糙斑驳的树皮，抬头仰望着如盖的树冠，百感交集，眼睛湿润了：舒连长、马指导员、相廷……我来看你们了……

"我那时是冀东军分区三区队二连二排八班班长，经常在这棵树下放哨……"董老满含热泪。回忆起当年的烽火岁月……

1944 年 3 月 11 日夜间，舒殿友副连长带领两个排，在宁城山头马营子西南沟，遭到日伪讨伐队追剿。当时，弹药已经十分匮乏，舒连长带领队伍顺着山岗向西撤退，到李营子前山遇到悬崖。当日虽是农历二月十七，但那天是阴天，看不清周围情况。在追兵紧跟，前行无路的情况下，舒连长与指导员马九荣研究决定，跳下山崖，宁可摔死，也不当俘虏！战士们都赞同决定，50

余人无一退缩，毅然跳崖！悬崖落差 50 余米，有一定斜度，连部司务长刘相廷等八人当场牺牲。舒连长头部受重伤，半路停止了呼吸……

董国政是那次跳崖的幸存者。这些年，他始终惦记着这件事，他坚信一定能找到当年跳崖处，告诉世人：宁城也有一个"狼牙山五壮士式"的群体。

"同志们，我终于找到了，你们的英雄事迹，定得到传扬！"董老再次望着那棵树，望向不远处那座山崖，脸上露出欣慰的笑容……

古老沧桑的枫树，这时发出哗哗声，悬崖处，有阵阵大雁飞过，现世美好，告慰先烈……

（注：抗战时期，宁城大地，慷慨悲歌，牺牲过无数抗战先烈，谱写过一曲曲壮烈的抗战之歌！三区队五十余名战士英勇跳崖，其壮烈程度超过狼牙山五壮士。只可惜当时是三区队孤军深入到伪满洲国境内，没有随军记者，没有媒体报道，当地群众又不知详情，致使事件没有及时传播出去。如今，由于有董国政等人士的努力，这一事迹已被载入中央党史研究所著的《中流砥柱——中国共产党与全民族抗战》一书，认定其为"狼牙山五壮士式"的英雄群体。）

◀ 归 来

深秋季节，天气渐渐凉了，院子里的玉米叶子已经发黄，在秋风中唰唰作响。

母亲刚收拾完碗筷，准备哄孙子睡觉。忽然听见院门外有人敲门。

"儿子！"母亲打开大门，见到裴文和，喜出望外！

满脸的风尘，乱糟糟的头发，黑胡子，母亲都不敢认了，"儿子，你可回来了！"

裴文和从小就聪明伶俐，喜欢打抱不平，会唱会跳，喜欢舞刀弄棒，看不惯土匪军阀鱼肉乡里，那年组织黄枪会，在头道营子大宝贝台村砸了伪满的税局子，遭到镇压。裴文和和几个兄弟被迫出走关内。临走时告诉母亲，我要去关内唱皮影戏、卖杂耍挣钱去了。您老放心吧。

这一去就是三年！

"妈，别愣着，快进屋，这还有客人呢。"母亲这才发现，儿子身后还有好几个人，李文彪、杨志，母亲早就认识。那个高个子年轻人，没见过呢。儿子说，这是我们在唐山认识的大人物。妈，快给我们做饭吧，饿死了。

好好，你看看，光顾着说话了。母亲赶紧把大家让到里屋。裴文和见到那个缩到炕角的孩子，叫道：儿子？母亲说，你走了好几年，孩子都不敢认你了。说着眼睛又红了。

"母亲，这是地下党李青山。妈，我们这回可是找到引路人了！从此就跟着共产党干！一定能把小日本赶出中国！"

"好好，妈相信你们，快点把小日本打败了，让老百姓过上好日子！"

李青山说，大妈，相信我们，好日子就要来了！

不久，一支由李青山、裴文和、杨志、李文彪等骨干组成的承平宁地区第一支游击队诞生了！他们活跃战斗在宁城大地，为承平宁抗日根据地的建设，立下汗马功劳！

◀ 牺 牲

"爸爸，我们回家……"当裴学栋在平泉找到父亲的遗骨时，泣不成声。

1944年3月，承平宁地区第一支抗日游击队队长裴文和在河北平泉平房一带活动，因有汉奸告密，在喇嘛帽子山北沟被黄土梁子伪警署夏九峰特高队包围。战斗中裴文和被俘，被俘的还有分区干部金玉山等。

夏九峰劝裴文和投降，裴文和视死如归。他对夏九峰说："看在都是中国人的份上，你给我补上一枪把，痛快点！投降？没门儿！"

夏九峰恼羞成怒，指令手下找来一把铡刀。金玉山见敌人要铡死裴文和，痛斥夏九峰："你们要是还有点儿中国人的良心，就给裴队长留个全尸吧！"夏九峰冷冷一笑："良心？良心值多少钱？你们这些顽固不化的八路，就该被铡死！"他命人残忍地铡死了裴文和！还丧心病狂地令人割下裴文和的头颅，用牛箍嘴装上，挂到大路旁的柳树上！下午，他们把裴文和的首级带到黄土梁子向其主子邀功请赏。

敌人走后，当地群众含悲忍恨，用面捏了一个头颅安在裴文和的身体上，含泪将他安葬在后喇嘛沟。

解放后，裴文和的战友周佐君带领裴学栋到平泉小沟找到裴文和的坟墓，将烈士遗骨运回原籍范杖子村安葬。

2016 年，宁城黑里河范杖子村修建了路北游击队纪念馆。范杖子村被命名为抗日模范村。这个承平宁第一支游击队诞生的地方，已经成为宁城县的爱国主义教育基地、知名的红色旅游景点。越来越多的人到范杖子村，到纪念馆缅怀英烈。

裴文和的故事也被越来越多的人知晓，并广为传扬。

◀ 粮　食

该死的小日本！真他妈缺德！竟然想出集家并村的损招！把老百姓都感到"围子"里，切断了老百姓和抗战战士的联系！三区队二连副连长舒殿友气得大骂。"你们马上去找大个子老魏，无论如何要弄回来粮食，过年让战士们吃顿饱饭！"舒连长对司务长老胡和机灵鬼小战士李泉说。

大个子叫魏凤鸣，原是村里"十家长"。他不想给日本人干事，武工队动员他做"两面人物"，给八路军办事。

大个子老魏想尽办法，终于从"围子"里跑出来。他要赶快去深山，那里的一个山洞里藏着他为八路军准备的粮食。

趁着夜色，李泉和老胡迈开大步，直奔四道沟深山老林，寻找老魏。正走着，老胡脚下被什么东西绊了一下，扒拉开雪，发现一只人脚！两人吓得不轻，赶紧扒拉开四周的雪，一具死尸呈现在眼前！"这不是老魏吗？！"李泉惊叫道！只见老魏右手紧紧攥着一根木棍，身边一支猎枪，抢上挂着一只野兔。老魏身边的雪地上，有几个木棍写的大字：老地方取，切切！

舒连长半夜才等回了老胡和李泉，"我们找到了老魏的山洞，没找到粮食，狍子和山兔挂在墙上，粮食肯定是叫狗日的汉奸拿走了，老魏是为了我们才去打猎，连累带饿才……"

听了他们的哭诉，舒连长半天没说话，眼泪在眼眶里打转！他召集战士集合，大声喊道：同志们，敌人封锁了我们和老百姓的联系，但是封不住老百姓的对我们八路军的支持！封不住我们抗战的决心！我们一定能把鬼子赶出去！

"保卫热河，保卫百姓！把鬼子赶出去！"战士们的喊声，响彻深山上空……

◀ 黎　明

"三丫她娘，三丫她娘！你听听，外面好像有动静啊？"

这一阵儿没睡过安稳觉，痛苦始终折磨着我，刚打了个盹，就被婆婆推醒了。

我披衣推开院门，就见一群当兵的正陆续躺在地上。

"咱们的军队！"我兴奋地转回屋告诉婆婆。

"老乡，吵着你们了吧？我们路过这儿，休息一下。你们继续休息。大家肃静一下，别吵着老乡们啊。"一个中年军人走过来。

"你看看，到了家了，就进屋休息！哪能在露天地儿睡觉！"婆婆说。

"不行啊，大娘，我们有纪律呢。"

"那……三丫她娘，去，把西屋的那几床被子拿出来，给孩子们盖上，这咋行啊？"

婆婆爱惜地看看躺在地上的战士。一个小战士，也就十七八岁的样子，站了起来："大娘，打扰你休息了。我们不用被子，习惯了。"婆婆捏捏小战士单薄的衣角，抚摸着还很单薄的肩膀说，我的三儿子，和你一样大呢，也当兵去了，一年了，也没个信儿！小战士说，大娘，打完仗，就回来了。你别惦记，您就把我们当您的儿子吧。婆婆哭了，快些打完仗吧。打完仗，就好了啊。

我心头一阵疼痛，我那三兄弟，去年打隆化时，就牺牲了……我该咋告诉婆婆呢？

这一夜，我和婆婆再也没睡着。

刚鸡叫，战士们就悄悄出发了。我和婆婆把他们送到村口。就见许多老乡都出来了，初春的风，微微地轻抚着睡意朦胧的脸。心里，暖暖的。

"回吧，老乡！"战士们频频向老乡们招手，然后，就消失在遥远的东方，那里，已经显出鱼肚白，天，就快亮了。

（注：张显和，宁城县热水乡娘娘庙村人，1946年8月参军入某师十六旅炮兵团二营六连；1947年7月，在参加隆化战役时牺牲。）

◀ 姥　姥

我姥姥出生于 1919 年，宁城县一肯中人，小名珠子。

我姥姥是从小没人疼没人管的女孩子，但也幸运地没裹足，是个大脚片子！

大脚片子的姥姥靠着一双大脚能爬山过河，能越沟，尤其是能跑，竟然跑出了名堂！跑出了个"女八路"！声名显赫！方圆百里都知道承平宁抗战区有一个能跑的女八路！

有一次，伪警局讨伐队夏九峰，带人来抓姥姥。姥姥听见有人来，就把头发散开，脸上抹了一把锅烟子，拿着棍子出去打狗。夏九峰进屋凑搜查时，姥姥出门上山了，等夏九峰醒悟过来，姥姥早就无影无踪了。1946 年秋，国民党警察大队在八肯中八里铺逮捕了姥姥，送到小城子关押。第七天时，她趁着看管松懈，成功逃脱，飞速跑到八素台山里，找到了热中地委。这当然是后话。

1942 年初，姥姥参加了裴文和与李青山率领的承平宁地区第一支游击队，从此转战东西，游击南北，战斗间隙学习文化，成为一名优秀的女战士，得到冀东分区领导周治国等人的赏识，当了二区妇救会主任。

姥姥能干，文武双全，据说能使双枪，被称为"双枪老太婆"。这可比"红岩"里那个双枪老太婆早啊。

1947 年，宁城全境解放，姥姥默默回到老家务农，平平淡淡地走完人生后半段。1979 年 2 月 21 日病逝，享年 60 岁。

我忽然想起一首歌：嫂子，借你一双大脚，踩一溜山道再把我们送好，嫂子，接你一副身板，挡一挡太阳，我们好打胜仗……

啊，姥姥，大脚板的姥姥……

（注：王桂兰，女，抗日时期曾化名刘宝森，内蒙古宁城县一肯中河北东三爷地人，农民家庭出身。1942 年加入裴文和游击队，成长为承平宁地区第一位"女八路"。）

◀ 先　生

先生闲下来了，可以写写诗、做做画。这是先生最喜欢的，可是，先生却是闷闷不乐。

先生家境殷实，自幼读书，毕业于热河省承德中学，1931年任宁城财政局局长。先生为官清廉，体恤民情，曾写过一副对联：财取诸民而用于民，财才足恒矣；政率以正孰敢不正，即政莫大焉。他还贴到了自家大门口。

先生的做法必然引起上边的不快了。不久，局长职务被革去，改任一闲职——粮秣委员会委会长。

这几天，先生忽然像变了个人，脸上整天笑盈盈的。有一个人经常来拜访先生，两人在书房里悄声谈论，甚是融洽。

我有一天实在憋不住，就问了先生。先生说，你跟我这么多年了，我信任你，今天索性告诉你吧。来人是锦州人张一宇，曾参加过辽吉黑抗日民众后援会，干过抗日的事儿。他了解到我的情况，我们真的是一见如故，相谈甚欢。我很欣赏他的爱国热情和抗战勇气，我想跟他们干，多为抗日做点事！你愿意帮我忙吗？

当然愿意！我高兴地说，这些年，我也早就了解一些抗日志士的情况，很羡慕他们为了老百姓而做的努力。我早就想动员先生加入抗日队伍，这回好了！

1942年五月，八路军晋冀鲁豫军区政治部敌工科派张一宇等在宁城建立联系点，先生成为第一个关系人。伪协和会长和伪村长的身份，为先生从事抗日工作提供了很大的方便。攻打小城子，先生搞到重要情报；办鞋铺，为三区队干部战士提供军鞋；保护掩护抗日工作人员；儿女在他的动员下走上革命道路……

先生为抗日活动做出了杰出的贡献！

先生叫韩祐庵，1954年病逝，年仅55岁。

◀ 那一束光
·····················

她从迷迷糊糊的潜睡中醒来，一阵阵剧痛又不断地袭来！

到底说不说？不说打死你！讨伐队队长向她怒吼！

她咬紧了牙关，怒视敌人，默不作声。

她抱定了死去的决心，她相信丈夫在做正确的事情。丈夫说，老婆，你要相信我，我没做坏事，我在帮助抗日队伍做事，早日把小日本鬼子赶出中国去，让老百姓过上好日子！

她永远不会忘了那天，承平宁联合县民政科科长张立文与张野溪、周佐君、李学会等在她家开会，讨伐队从章京营子方向来围剿。发现了敌情，丈夫带领张立文等人进入村前的河沟，顺着河沟隐蔽向东山水泉一带转移，把很多物资放到她们家的夹壁墙里。讨伐队没有抓到张立文等人，就把她抓去，带到章京营子严刑拷打，绑在板凳上，往她鼻子里灌辣椒水，逼她说出张立文等人下落，交出东西。

她回想着发生的这些事，心里仍是坚定一个信念，打死也不能说!

她忍着痛从草垫子上站起来，摇摇晃晃地来到巴掌大的铁窗前。一束阳光打在她的脸上，她惨白浮肿的脸上露出微微地笑。这束光，照到她的脸上，也照到她的心里，她觉得很温暖。

她的脑海里，忽然就闪现出少女时代。那时，她是吴桥马戏团的杂技演员，随着团队走南闯北，历尽磨难。她仿佛看见，那个英姿飒爽、豪侠刚烈的少女，正走在钢丝绳上，临危不乱，目光炯炯……

（注：宋代氏，女，代姓，无名字，河北吴桥人，宁城八肯中常吉号西三家宋玉玺之妻。她痛恨日本帝国主义侵略中国，支持丈夫参加抗日，视抗日工作人员为亲人。敌人用尽各种酷刑，她始终没有吐露半点儿掌握张立文等人的情况，直到被敌人活活折磨致死。）

◀ 鞋
·······

我太需要一双鞋啦!

当我们部队急行军途中住在一老百姓家,看到房东大娘正在纳鞋底时,我就想,这要是给我做的多好啊。

我的鞋子,今天早晨在行军路上被山石磨掉了最后那块鞋底儿,彻底不能穿了!现在,我的脚肿胀,火辣辣的疼,几处被石头磨破的伤口还在出血。

房东大娘看见我走路一拐一拐的,低头看了下我的脚,叫了起来:都出血啦!你的鞋呢?

我说,磨烂了。

"你们这些孩子,太不容易啦!你们干这个,为了啥啊,多可怜!"

"为了把鬼子赶出去,我们过好日子啊,大娘!"

"可也是,哎呀,这可咋办?现在这时候,买鞋也不好买啊,做鞋都缺布料!小日本可坏呢,对布实行配给。老百姓买不到,如果存棉花、布，就成了经济犯！"

大娘说，看你这孩子太可怜，这样吧，你的脚和我小儿子差不多，给你穿吧。大娘手里做着的就是，马上就做好了。

我好高兴，连忙说，大娘，多少钱？我给您钱。

大娘说，要啥钱啊，你们也是为了打鬼子！

我说，我们连长的鞋子也不行了，大娘您看……说完我的脸红了。

大娘犹豫了下，扭头瞅她的大儿媳：要不把老大的鞋给他们吧。

媳妇脸也红了，小声说，他的鞋就剩一双了。

我再给他做！给他们吧，他们不容易！打鬼子，不能光着脚打啊。

我们走时，还是偷偷地放了鞋钱……

这双鞋，我至今还保留着，那是一段难忘的经历……

这双鞋的旁边，是重孙子那一排排崭新的、各式各样的新鞋子，重孙子是鞋子收藏爱好者。各种叫不出的品牌，昂贵的价格……现在这些孩子，可是生活在蜜罐子里了……

（根据抗日老战士李侠回忆录创作）